10 CONTOS DE SHAKESPEARE
PARA JOVENS

Título original: *Beautiful Stories from Shakespeare*
copyright © Editora Lafonte Ltda. 2023
Todos os direitos reservados.
Nenhuma parte deste livro pode ser reproduzida por quaisquer
meios existentes sem autorização por escrito dos editores.

Direção Editorial **Ethel Santaella**

REALIZAÇÃO

GrandeUrsa Comunicação

Direção	Denise Gianoglio
Tradução	Maria Beatriz Bobadilha
Revisão	Luciana Maria Sanches
Capa, Projeto Gráfico e Diagramação	Idée Arte e Comunicação
Ilustrações	@Freepik

```
Dados Internacionais de Catalogação na Publicação (CIP)
       (Câmara Brasileira do Livro, SP, Brasil)

  Shakespeare, William, 1564-1616
     10 contos de Shakespeare para jovens / William
  Shakespeare ; adaptação Edith Nesbit ; tradução
  Maria Beatriz Bobadilha. -- 1. ed. -- São Paulo :
  Lafonte, 2023.

     Título original: Beautiful stories from
  Shakespeare
     ISBN 978-65-5870-339-6

     1. Dramaturgia 2. Literatura inglesa
  3. Shakespeare, William, 1564-1616 - Adaptações
  I. Nesbit, Edith. II. Título.

  23-154100                               CDD-822.33
```

Índices para catálogo sistemático:

1. Teatro : Literatura inglesa   822.33

Henrique Ribeiro Soares - Bibliotecário - CRB-8/9314

Editora Lafonte
Av. Profª Ida Kolb, 551, Casa Verde, CEP 02518-000, São Paulo-SP, Brasil – Tel.: (+55) 11 3855-2100
Atendimento ao leitor (+55) 11 3855-2216 / 11 3855-2213 – atendimento@editoralafonte.com.br
Venda de livros avulsos (+55) 11 3855-2216 – vendas@editoralafonte.com.br
Venda de livros no atacado (+55) 11 3855-2275 – atacado@escala.com.br

10 CONTOS DE SHAKESPEARE
PARA JOVENS

POR

E. Nesbit

TRADUÇÃO: **MARIA BEATRIZ BOBADILHA**

BRASIL, 2023

Lafonte

- 6   Rei Lear
- 14   A Tempestade
- 24   O Mercador de Veneza
- 34   Romeu e Julieta
- 46   Macbeth
- 60   Otelo
- 76   Hamlet
- 86   Sonho de uma Noite de Verão
- 96   A Comédia dos Erros
- 110   Muito Barulho por Nada

> *"Não passo de um velho tolo."*

O rei Lear já estava velho e abatido. Ele andava cansado demais para tomar conta do reino, e seu único desejo era passar os dias que lhe restavam em paz, ao lado das três filhas. Duas delas eram casadas, uma com o duque da Albânia e outra, com o duque da Cornualha; e a filha caçula, Cordélia, tinha dois pretendentes à vista — o duque da Borgonha e o rei da França.

Certo dia, Lear reuniu as três damas e propôs dividir o reino entre elas:

— Mas, antes de tudo — ele afirmou — preciso saber o quanto vocês me amam.

Goneril, uma mulher perversa que nem sequer gostava do pai, logo respondeu que lhe faltavam palavras para expressar o tamanho de seu amor. Confessou amá-lo mais do que a própria visão, o universo e a liberdade; mais até do que a vida, a graça, a saúde, a beleza e a honra.

— Eu o amo tanto quanto minha irmã — disparou Regan, a segunda filha. — Ou ainda mais do que ela, pois nada importa para mim além do amor de meu pai.

Bastante satisfeito com a declaração de Regan, Lear se virou para a filha mais nova e disse:

— Por último, mas não menos importante, minha preciosa Cordélia. Para você, minha filha, reservei a melhor parte do meu reino. O que me diz?

— Nada, meu senhor — respondeu Cordélia.

— Nada pode vir do nada. Diga algo — exigiu o rei.

E Cordélia replicou:

— Majestade, amo o senhor conforme minha obrigação de amá-lo. Nem mais nem menos.

A resposta sincera da jovem veio da repulsa pelas juras de amor das irmãs, que não nutriam qualquer senso de responsabilidade pelo velho pai.

— Sou sua filha, por isso me criou e me amou. Cabe a mim retribuir seus esforços na mesma medida, com dignidade e decência. Eu obedeço, amo e honro muito o senhor.

Lear, que tinha Cordélia como a filha mais amada, esperava que as declarações de amor da caçula fossem ainda mais extravagantes do que as das irmãs.

— Vá embora. Para sempre será uma estranha a mim e ao meu coração.

O conde de Kent, um dos nobres favoritos de Lear e capitão do exército, tentou argumentar em defesa de Cordélia, porém o rei não lhe deu ouvidos. Por fim, dividiu o reino entre Goneril e Regan, informando-lhes que manteria apenas uma centena de cavaleiros de prontidão e moraria alternadamente com cada uma das herdeiras.

Assim que o duque de Borgonha soube que Cordélia não receberia parte alguma do reino, desistiu de cortejá-la. O rei da França, no entanto, foi mais esperto e declarou:

— Rei Lear, sua filha desprovida de dotes será nossa rainha. Nossa e de nossa França gloriosa.

— Leve-a, leve-a sem demora, para que os meus olhos nunca mais se deparem com aquele semblante ingrato — respondeu o rei.

E Cordélia se tornou rainha da França; enquanto o conde de Kent, por ter se atrevido a defendê-la, foi banido do reino. Como parte do combinado, o rei foi passar uma temporada com Goneril — que já havia tomado posse de toda a herança e agora parecia se incomodar até com a centena de soldados da guarda pessoal de Lear. Ela era sempre grosseira e desrespeitosa com o pai, e instruiu os servos do palácio a desobedecê-lo ou fingir que não escutavam as ordens dele.

Já o conde de Kent, que forjara uma fuga para outro país quando fora expulso do reino, reapareceu disfarçado como servo e conseguiu um posto como serviçal do rei. Assim, restaram somente dois amigos ao velho monarca: o conde de Kent, a quem ele passou a conhecer como um mero servo, e o Bobo da corte, que nunca deixara de lhe ser fiel.

Dispensando qualquer polidez com o pai, Goneril lhe disse que os soldados da guarda pessoal só serviam para causar desordem e promover festins na corte; então implorou para que mantivesse apenas alguns servos mais antigos, tão idosos quanto ele.

— Minha guarda é composta por homens que conhecem muito bem seus deveres — respondeu Lear. — Goneril, eu não a perturbarei mais. Ainda me resta outra filha.

Com os cavalos encilhados, partiu com um séquito de seguidores em direção ao castelo de Regan. A segunda filha, que outrora superara a irmã nas declarações de afeto ao rei, desta vez superou a conduta desrespeitosa de Goneril, dizendo que manter cinquenta soldados para servi-lo não passava de um imenso exagero. Ao tomar conhecimento do posicionamento de Regan, Goneril logo correu ao encontro da irmã — disposta a evitar que Regan deixasse escapar qualquer demonstração de carinho pelo pai — e alegou que cinco cavaleiros já bastavam, uma vez que os servos do palácio também poderiam atendê-lo.

Então, quando Lear finalmente se deu conta de que o verdadeiro intuito das filhas era rechaçá-lo, decidiu partir e abandoná-las. Uma tempestade violenta inundava a noite em que Lear saiu vagando sem rumo pelos prados, enlouquecido por sua desgraça e escoltado pelo pobre Bobo da corte. Pouco tempo depois, seu servo pessoal, o bondoso conde de Kent, encontrou-o

e conseguiu convencê-lo a repousar numa choupana minúscula e miserável. Ao amanhecer, o conde deixou seu senhor em Dover, no condado de Kent, e se dirigiu às pressas para a corte francesa, na esperança de relatar a Cordélia tudo o que havia acontecido.

Em face da dimensão do problema, o rei da França concedeu à esposa uma tropa de soldados, e com eles Cordélia partiu para Dover. Uma vez lá, encontrou o pai num estado deplorável, perambulando pelos campos com uma coroa de urtiga e sarça na cabeça. Os soldados prontamente o resgataram, serviram-lhe comida e o vestiram com roupas limpas, e Cordélia se aproximou para lhe dar um beijo na testa.

— Espero que seja paciente comigo — sussurrou Lear. — Esqueça tudo e me perdoe, não passo de um velho tolo.

Naquele momento, o velho monarca soube qual das filhas o amava mais e quem realmente merecia seu amor.

Goneril e Regan, por outro lado, uniram seus exércitos para lutar contra a tropa de Cordélia e acabaram derrotando a irmã. Não bastando a vitória, também atiraram Cordélia e o pai na prisão. Então, o marido de Goneril, duque da Albânia, um homem bondoso que jamais suspeitara o quão cruel a própria esposa poderia ser, enfim descobriu a verdade por trás de toda a história. Quando se deu conta de que o marido descobrira a mulher perversa que era, Goneril se matou, dando um veneno mortal à irmã Regan um pouco antes, motivada por ciúmes.

Entretanto, as duas irmãs já haviam ordenado que Cordélia fosse enforcada na prisão e, embora o duque da Albânia tivesse enviado mensageiros no mesmo instante em que soubera da farsa, era tarde demais. O velho rei já havia entrado aos tropeços no pavilhão do duque da Albânia, carregando o corpo de Cordélia, sua filha querida, nos braços. No momento seguinte, palavras de amor por Cordélia jorravam da boca de Lear quando ele caiu e, ainda com ela nos braços, morreu.

"Que a mágoa e o pesar sufoquem o coração de todos aqueles que não desejarem felicidade plena."

  Próspero, o duque de Milão, era um homem culto e estudioso que vivia cercado de livros e deixava a administração do ducado nas mãos do irmão, Antônio, em quem confiava plenamente. Esse gesto de confiança, entretanto, não era valorizado pelo caçula, que desejava a coroa de duque a qualquer custo. Se não fosse o amor do povo por Próspero, Antônio teria matado o irmão com as próprias mãos, mas precisava de outro meio para realizar seu desejo. Portanto, foi só com a ajuda do maior inimigo de Próspero, o rei Alonso, de Nápoles, que Antônio enfim conseguiu se apossar do ducado e de toda a honraria, poder e riqueza que acompanhavam o título. Para dar cabo do problema, ambos levaram Próspero para o alto-mar e, já bem afastados da costa, forçaram-no a entrar num barquinho sem remo, mastro ou vela.

A TEMPESTADE

Tamanho era seu ódio e crueldade, que eles também colocaram a bordo a filha, Miranda, de três anos incompletos, e zarparam. Pai e filha foram abandonados à deriva da própria sorte.

Entre os cortesãos de Antônio, porém, restara um único homem fiel a Próspero, seu verdadeiro duque e senhor. De fato, seria impossível salvá-lo das garras dos inimigos, mas muito poderia ser feito para lembrá-lo do amor de um súdito devoto. Esse admirável homem se chamava Gonzalo, e, sem que ninguém soubesse, ele deixara água fresca, mantimentos e roupas limpas no barco, além daquilo que Próspero mais valorizava no mundo: seus preciosos livros.

Depois de um tempo em alto-mar, o barco finalmente foi arrastado até terra firme, onde o duque e a pequenina puderam desembarcar em segurança. Contudo, a praia em que caíram ficava numa ilha enfeitiçada, que por muitos anos fora controlada pelas magias de uma bruxa chamada Sycorax. Essa tenebrosa mulher costumava aprisionar nos troncos das árvores qualquer espírito bom que encontrasse por lá. Ainda que ela tivesse morrido pouco antes de Próspero e a filha terem sido arrastados à orla da ilha, esses espíritos, liderados por Ariel, continuavam confinados.

Próspero se tornara um mago poderoso, pois havia se entregado de corpo e alma aos estudos do ocultismo durante os anos em que confiara o governo de Milão a Antônio. Assim, com um pouco de magia, conseguiu libertar os espíritos aprisionados — que passaram a ser submissos às ordens dele, ainda mais devotos do que os súditos de Milão. Contanto que atendessem seus pedidos,

Próspero os tratava com gentileza, exercendo seu poder de modo sábio e bondoso. A única criatura da ilha que desconhecia a simpatia de Próspero era Caliban, o filho da falecida bruxa perversa, um monstro horrível e deformado, repugnante aos olhos e habituado a comportamentos cruéis e brutais.

Miranda já era uma moça crescida, bastante atraente e graciosa, quando Antônio e o rei Alonso, com Sebastião e Ferdinando, irmão e filho do rei, saíram para navegar juntos, assim como o velho Gonzalo. A embarcação da realeza acabou se aproximando da ilha enfeitiçada, e Próspero, ciente de que eles estavam lá, usou da magia para criar uma tempestade tão forte que até os velhos marinheiros a bordo se deram por perdidos. O primeiro a abandonar a embarcação e se lançar ao mar foi o príncipe Ferdinando, que logo desapareceu em meio às ondas. Enquanto o rei Alonso se desesperava com a certeza de que o filho se afogava em alto-mar, Ariel ia ao encontro do menino e o carregava a salvo até a praia, sem que ninguém notasse. Quanto ao restante dos homens, embora arrebatados pelo mar, todos conseguiram alcançar a costa sem qualquer ferimento, cada um numa parte da ilha. Até a boa embarcação, que já fora dada como perdida, apareceu ancorada na baía em que Ariel a deixara. Era esse tipo de maravilha que Próspero e seus espíritos conseguiam realizar.

À medida que a tempestade avançava furiosa, Próspero mostrava à filha o navio na luta contra o mar, explicando-lhe que, dentro dele, havia vários seres humanos como eles. A ingênua Miranda, temerosa pela vida daquelas pessoas, implorava ao pai que amenizasse a tormenta — e Próspero pediu que não se afligisse, pois pretendia salvar cada um deles.

Então, pela primeira vez, ele contou à menina sobre a história da vida dos dois e que só incitara aquela tempestade para que Antônio e Alonso, seus inimigos a bordo, caíssem nas mãos dele.

Logo após o fim da história, pôs a filha para dormir com um feitiço, pois Ariel já estava a postos e tinha um trabalho para lhe passar. Como o poderoso espírito ansiava pela liberdade plena, resmungou em face de mais uma tarefa exaustiva — ao que Próspero retrucou no mesmo instante. O duque o relembrou de todo o sofrimento que passara quando Sycorax dominava a ilha, além da dívida de gratidão que tinha com o senhor que findara tanto sofrimento. A breve ameaça bastou para que Ariel não apenas parasse de reclamar, como também prometesse lealdade ao mestre e obediência às suas ordens.

— Faça só mais essa tarefa, e em dois dias estará dispensado — disse Próspero.

Em seguida, ordenou que Ariel assumisse a forma de uma ninfa d'água e o enviou à procura do jovem príncipe. Invisível a Ferdinando, o espírito pairou bem perto dele e cantou:

> "VENHA À ORLA AMARELA
> E ESTENDA A MÃO:
> BEIJE E SAÚDE A DONZELA
> (SIBILAM AS ONDAS NA ESCURIDÃO),
> VAGUEIE VAGANDO, AQUI E ACOLÁ;
> A FADA DO OCEANO DE TI CUIDARÁ!".

Ferdinando seguiu o canto mágico sem hesitar, e a canção passou a adquirir um ar mais solene, com versos que traziam melancolia ao coração e lágrimas aos olhos. Assim prosseguia:

> "Seu pai já descansa no fundo do mar;
> Seus ossos agora são tenros corais.
> Não há o que nele se possa salvar,
> E nos olhos repousam dois grandes cristais.
> A magia do sal o transfigurou,
> Do pó fez riqueza, a dor dissipou.
> As ninfas badalam o sino da morte
> Ouça! Ding-dong... acabou-se a sorte!".

Com essa cantiga, Ariel conduziu o príncipe enfeitiçado até Próspero e Miranda. E pasme! Tudo aconteceu conforme Próspero desejava. Isso porque Miranda, que não tinha lembranças de qualquer ser humano além do próprio pai, contemplou o príncipe com reverência nos olhos e amor oculto no coração.

— Poderia até dizer que o senhor é um ser divino, pois nunca me deparei com algo tão nobre! — confessou Miranda.

E Ferdinando, encantado e fascinado pela beleza da menina, exclamou:

— Sem dúvida és a deusa a quem os céus obedecem!

O príncipe nem sequer tentou esconder a paixão que Miranda lhe despertara. Mal haviam trocado uma dúzia de palavras e jurou torná-la sua rainha, se assim ela quisesse. Já Próspero, por mais que pulasse de alegria por dentro, fingiu estar furioso com a proposta.

A TEMPESTADE

— Decerto o senhor veio aqui para nos espionar — disse a Ferdinando. — Atarei seu pescoço aos seus pés, e só comerás mexilhões de água doce, raízes e cascas secas. Para matar a sede, terás a água salgada do mar. Saia logo daqui.

— Não! — replicou Ferdinando ao puxar a espada.

No mesmo instante, Próspero lançou um feitiço que o paralisou feito uma estátua, duro como pedra. Aterrorizada pela atitude do pai, Miranda implorou que tivesse piedade do amado, mas Próspero recusou duramente a súplica e obrigou Ferdinando a segui-lo até uma cela. Além de enclausurado, o nobre garoto foi forçado a trabalhar para ele, arrastando e empilhando milhares de troncos de árvore. E Ferdinando obedeceu sem reclamar, porque acreditava que o trabalho seria muito bem pago pela compaixão da amada.

Com muita pena do rapaz, Miranda ofereceu ajuda, mas ele se recusava a aceitar; ainda que certamente não recusasse a companhia da amada. Parecia-lhe impossível reprimir o amor secreto pela moça — e ela, diante das declarações, deleitava-se e prometia um futuro ao lado dele.

Passado um tempo, Próspero o libertou da servidão e, com o coração em júbilo, concedeu-lhes a benção para que se casassem.

— Leve-a — disse ele. — Miranda agora é sua.

Nesse meio-tempo, em outra parte da ilha, Antônio e Sebastião planejavam o assassinato de Alonso, o rei de Nápoles. Como achavam que Ferdinando não sobrevivera à tempestade, Sebastião seria o sucessor do trono se

Alonso morresse. Os dois pretendiam executar o plano impiedoso enquanto a vítima estivesse adormecida, mas Ariel apareceu para despertá-lo bem a tempo.

Como castigo, Ariel passou a pregar várias peças nos dois. Certa vez, fez surgir um banquete e, quando estavam prestes a devorar toda a comida, apareceu na forma de uma harpia, em meio a trovões e relâmpagos, e todos os pratos desvaneceram num piscar de olhos. Nessas ocasiões, Ariel costumava reaparecer para repreendê-los, então lhes dava uma bronca pelos pecados que haviam cometido e sumia outra vez.

Passados alguns dias, Próspero lançou um feitiço para atrair Antônio, Alonso e Sebastião até um bosque e os fez esperar do lado de fora de sua alcova. Sem qualquer noção do que acontecia, eles tremiam de medo e pavor, finalmente arrependidos das atrocidades cometidas.

Determinado a utilizar seus poderes mágicos pela última vez, Próspero enfim proferiu:

— Quebrarei meu cajado e, em profundezas tão remotas, aonde nem um único ruído jamais chegou, enterrarei meu livro de feitiços.

Assim, acompanhado por uma canção celestial que se espalhava pelo ar, apareceu diante deles com sua aparência apropriada de duque de Milão. Como os três se mostraram verdadeiramente arrependidos, Próspero os perdoou e lhes contou tudo o que passara, desde o dia em que esses mesmos homens haviam entregado ele e a filha, ainda bebê, à mercê do vento e das ondas.

A TEMPESTADE

Alonso, o que parecia mais dilacerado pelos crimes do passado, lamentou profundamente a morte do herdeiro; então Próspero abriu uma cortina e lhes mostrou Ferdinando e Miranda numa partida de xadrez. Imensa foi a onda de alegria que atingiu Alonso ao poder abraçar o filho outra vez, e, ao descobrir que a adorável donzela com quem o filho jogava era Miranda, filha de Próspero e futura esposa de Ferdinando, declarou:

— Deem-me as mãos. Que a mágoa e o pesar sufoquem o coração de todos aqueles que não desejarem sua felicidade plena, meu querido casal.

E, assim, tudo terminou bem. O navio estava a salvo na baía e, no dia seguinte, todos partiram rumo a Nápoles, onde Ferdinando e Miranda se casariam. Ariel lhes presenteou com águas tranquilas e brisas auspiciosas, e o casamento se concretizou com muita celebração.

Ao reaparecer no ducado depois de tantos anos, Próspero também foi recebido com muita festa pelos súditos fiéis. Por mais que tivesse largado de vez a magia, o velho duque se sentia feliz e realizado — não apenas porque retomara sua vida, como também principalmente porque, tendo tido os piores inimigos nas mãos, aqueles que tanto mal lhe haviam feito, escolhera não se vingar e os perdoara com nobreza.

Quanto a Ariel, Próspero o deixou livre como ar, e ele finamente voltou a perambular por onde quisesse, cantando de peito aberto sua meiga canção:

SHAKESPEARE PARA JOVENS

"Onde abelha tiver, saiba que estarei lá,
No broto da rosa me encontrará,
E nela me escondo se a coruja piar.
Na asa do morcego é bom viajar,
E depois do verão me alegro em cantar:
Que bela é a vida sem se preocupar,
Debaixo do galho que parece dançar!".

"Aquele que me escolher deverá dar e arriscar tudo o que possui."

    Antônio era um mercador rico e próspero que morava em Veneza. Seus navios cruzavam quase todos os mares, e ele fazia negócios com portugueses, mexicanos, ingleses e indianos. Embora tivesse muito orgulho de sua riqueza, era bastante generoso e estava sempre disposto a ajudar os amigos — dentre os quais Bassânio era o mais próximo.

    Como tantos outros cavalheiros pomposos e imponentes, Bassânio tinha hábitos extravagantes e esbanjava sem pensar no amanhã. Por isso, quando finalmente se deu conta de que gastara toda a sua fortuna, já era tarde demais e não restara nem um único tostão no bolso para pagar as dívidas. Sem saber o que fazer, recorreu à ajuda de Antônio:

— A você, meu amigo, devo uma fortuna em dinheiro e amor. Tenho um ótimo plano para pagar tudo o que lhe devo, mas precisarei de uma mão amiga para executá-lo.

— Basta me dizer o que posso fazer, e assim será feito — respondeu Antônio.

Bassânio então disparou:

— Em Belmonte, uma certa donzela de muitas posses ainda está solteira, embora pretendentes de várias partes do mundo tentem cortejá-la. E não é só a riqueza da moça que atrai todos esses homens, como também sua beleza e bondade. Na última vez que a encontrei, ela pareceu me olhar com tamanho interesse que me fez ter certeza de que conseguiria superar todos os meus rivais e conquistar o amor dela. Isto é, se eu tivesse recursos para viajar a Belmonte, onde ela mora.

— Bom, todo o meu capital está em alto-mar, não disponho de dinheiro vivo agora — respondeu Antônio. — Por sorte, tenho bastante crédito em Veneza e posso pedir um empréstimo do valor necessário.

Nessa época, havia um agiota muito rico em Veneza, o senhor Shylock. Antônio não gostava nem um pouco desse homem, e costumava tratá-lo com bastante desprezo e desdém. Sua aversão era tanta que, se cruzasse com o velho na rua, cuspia nele e o empurrava como um pobre cachorro vira-lata; enquanto Shylock somente se mantinha calmo e ignorava as humilhações — por mais que, lá no fundo da alma, nutrisse um desejo de vingança por aquele mercador rico e arrogante. Antônio não apenas feria seu ego, como também

prejudicava seu negócio. "Se não fosse por ele, eu teria pelo menos meio milhão de ducados a mais", pensava Shylock. "No mercado da cidade, ou aonde quer que ele vá, sempre encontra um jeito de condenar as taxas de juros que cobro. Pior ainda, empresta dinheiro sem faturar nada em troca!"

Então, quando Bassânio o procurou para solicitar um empréstimo de três mil ducados a Antônio pelo período de três meses, Shylock engoliu a raiva e disse a Antônio:

— Por mais que tenha sido cruel comigo, desejo conquistar sua amizade e respeito. Empresto-lhe o dinheiro sem cobrar qualquer taxa de juros. Mas, só por brincadeira, proponho que assinemos um contrato no qual ateste que, no caso de vencimento do prazo de três meses, receberei como pagamento meio quilo de sua carne, com o direito de escolher a parte do corpo de minha preferência.

— Não! — Bassânio interrompeu. — Não corra um risco desses por minha causa, Antônio.

— Ora, não há por que temer! Meus navios estarão de volta um mês antes do prazo. Assinarei o contrato.

Assim, Bassânio conseguiu o dinheiro de que precisava para viajar até Belmonte e cortejar a adorável Pórcia. Na mesma noite em que o jovem partiu, a bela filha do agiota, Jéssica, deixou a casa do pai e fugiu com o namorado, levando consigo algumas bolsas cheias de ducados e pedras preciosas que roubara do tesouro da família. Foi terrível o que a mágoa e a raiva fizeram com Shylock, e o amor pela filha transformou-se em ódio.

— Preferia vê-la morta aos meus pés, com as joias que roubou penduradas na orelha — vociferou o velho agiota.

A única coisa capaz de consolá-lo foi a notícia do prejuízo grave que Antônio sofrera com o naufrágio de alguns navios de sua frota.

— Deixa ele se lembrar do contrato... quero só ver! — exclamou Shylock.

Nesse ínterim, Bassânio havia chegado a Belmonte e fora direto à casa da bela Pórcia. Como dissera a Antônio, os rumores sobre a bondade e a beleza da jovem haviam de fato atraído pretendentes de dentro e fora do país; porém, para todos eles, Pórcia dava a mesma resposta. Somente aceitaria o homem que prometesse cumprir o testamento deixado pelo pai, cujos termos espantavam cada um dos inúmeros pretendentes apaixonados. Para ganhar a mão e o coração da moça, o candidato teria que adivinhar qual caixa, entre três opções, guardava o retrato dela. Se ele fizesse a escolha certa, Pórcia seria sua esposa. No entanto, se o palpite estivesse errado, deveria prometer sob juramento que nunca revelaria qual caixa escolhera, jamais se casaria e partiria para sempre.

Cada caixa era feita de um material específico, e em cada tampa havia um enigma inscrito. Na caixa de ouro, podia-se ler: "Aquele que me escolher ganhará o que muitos homens desejam". A de prata, entretanto, dizia: "Aquele que me escolher receberá exatamente o que merece". Por fim, a caixa de chumbo trazia a seguinte

inscrição: "Aquele que me escolher deverá dar e arriscar tudo o que possui".

O príncipe do Marrocos, tão corajoso quanto negra era sua pele, foi um dos primeiros a se submeter ao teste. Sem hesitar, escolheu a caixa de ouro, pois acreditava que materiais vulgares como chumbo e prata não seriam dignos de guardar o retrato de Pórcia. Seguro de sua escolha, abriu a caixa dourada e encontrou apenas a representação daquilo que muitos homens desejam: a morte.

Depois dele, foi a vez do arrogante príncipe de Aragão, que logo disse:

— Escolho receber o que mereço, pois é claro que mereço a dama.

E assim escolheu a caixa de prata, que lhe presenteou com um chapéu de bobo da corte.

— Eu não mereço nada além de um chapéu de bobo? — esbravejou antes de partir.

Por fim, chegou a vez de Bassânio, e Pórcia quase o impediu de fazer sua escolha, pois temia que abrisse a caixa errada. A jovem também o amava.

— Ora, deixe-me escolher de uma vez por todas! Não aguento mais sentir tanta agonia.

Então Pórcia cedeu ao pedido e ordenou que os servos tocassem músicas para distraí-la enquanto o corajoso amado decidia seu futuro. Sem demora, Bassânio fez o juramento e se aproximou das caixas, embalado pela melodia suave que tocava ao fundo.

— Prefiro desprezar a mera ostentação. Todos se iludem com extravagâncias, portanto nada de ouro reluzente ou prata brilhante para mim. Escolho a caixa de chumbo, e seja o que Deus quiser!

No instante em que abriu, vislumbrou o retrato da bela moça. Sem acreditar no que via, voltou-se para Pórcia e lhe perguntou se realmente seria sua esposa.

— Sim — ela confirmou. — Serei sua a partir de agora, bem como esta casa também lhe pertencerá. E, deste anel que lhe entrego, não deverá jamais se desfazer.

Bassânio mal conseguia falar, tamanha era a alegria, mas encontrou palavras para lhe prometer que, enquanto vivesse, jamais tiraria aquela joia do dedo.

De repente, algo inesperado aconteceu, e toda a felicidade de Bassânio se transformou em sofrimento. Mensageiros chegaram de Veneza para avisar que Antônio havia falido e Shylock recorrera às leis, exigindo que o duque garantisse o cumprimento do contrato que lhe concedia meio quilo da carne do mercador. Assim como Bassânio, Pórcia ficou desolada ao tomar conhecimento do perigo que o amigo do amado corria.

— Antes de tudo, leve-me ao altar e se case comigo — disse a dama. — Logo depois, vá imediatamente até Veneza e salve seu amigo. Também levará vinte vezes a mais do valor que pagaria sua dívida.

E assim que o rapaz recém-casado partiu, Pórcia o seguiu sem que percebesse. Ao chegar a Veneza, a moça esperta se disfarçou de advogado e apresentou uma carta de recomendação falsificada no nome de Belário — o célebre magistrado que o duque de Veneza convocara para julgar as questões legais suscitadas pelo direito de Shylock receber meio quilo da carne de Antônio.

Estando toda a corte reunida, Bassânio ofereceu o dobro do valor da dívida para que Shylock desistisse da ação, mas o agiota apenas respondeu:

— Se cada um desses seis mil ducados fosse dividido em seis partes, e cada uma dessas partes se convertesse num ducado inteiro, eu ainda escolheria seguir com o processo. Prefiro que o contrato seja cumprido.

No instante seguinte, Pórcia finalmente surgiu, tão bem disfarçada que nem o próprio marido a reconheceu. Graças às ótimas recomendações da carta de Belário, o duque recebeu a moça de braços abertos e lhe transmitiu o caso. Com bastante respeito, Pórcia pediu que Shylock tivesse piedade de Antônio; mas o velho agiota nem sequer deu ouvidos às súplicas da jovem.

— Exijo o meio quilo de carne, que é meu por direito.

— E o senhor, o que tem a dizer em sua defesa? — perguntou ao mercador.

— Quase nada. Já estou conformado e preparado — respondeu Antônio.

— Sendo assim, a corte garante meio quilo da carne de Antônio a Shylock — declarou Pórcia.

E o agiota comemorou:

— Que juiz honesto! Que venha a sentença!

— Espere um instante — a moça o interrompeu. — Vejo que o contrato não lhe concede direito ao sangue de Antônio, apenas à carne. Portanto, se porventura derrubar uma única gota de sangue ao lhe extrair a carne, toda a sua fortuna será confiscada pelo Estado. É o que manda a lei.

Aterrorizado pela possível consequência, Shylock declarou:

— Ora, então aceito a oferta de Bassânio.

— Não — disse Pórcia, seca e ríspida. — O senhor não receberá nada além do que diz o contrato. Pegue o pedaço de carne, mas lembre-se: não importa o tanto que tire, seja um pedaço de meio quilo ou uma fatia de meio grama, no fim das contas acabará perdendo seus bens e sua vida.

Shylock ficou ainda mais apavorado.

— Dê-me os três mil ducados que lhe emprestei e o deixe ir.

Bassânio estava prestes a lhe entregar o dinheiro, mas Pórcia o interrompeu:

— Não! Ele não receberá nada além do que estabelece o contrato. O senhor é um forasteiro que atentou contra a vida de um cidadão veneziano. Logo, pelas leis venezianas, sua vida e seus bens deverão ser tomados. A não ser que se ajoelhe e peça misericórdia ao duque.

Nesse momento, a situação se inverteu, e o duque nunca teria concedido misericórdia a Shylock se não fosse por Antônio. Por fim, determinou-se que metade da fortuna do agiota seria confiscada pelo Estado, enquanto a outra metade iria para o marido de sua filha. Ao menos não perderia a vida, e com isso teve que se contentar.

Já Bassânio, ofuscado pela gratidão, foi induzido pelo inteligente magistrado a presenteá-lo com o anel que

Pórcia lhe dera — do qual prometera jamais se separar. Assim, de volta a Belmonte, confessou à esposa que se desfizera do anel; e ela reagiu furiosa, ameaçando se afastar dele até que a joia fosse recuperada. Felizmente, não demorou até que perdoasse o marido e revelasse que fora ela, disfarçada de juiz, a responsável por salvar a vida de Antônio.

Diante de toda a verdade, Bassânio se sentiu o homem mais feliz do mundo, pois descobrira quão precioso era o prêmio da loteria das caixas enigmáticas.

"Julieta revelou seu segredo em voz alta, confidenciando ao jardim o quanto amava Romeu."

Muito tempo atrás, duas linhagens poderosas viviam na cidade de Verona, a família Montéquio e a Capuleto. Ambas tinham muitas posses, e presumo que eram tão sensatas quanto qualquer pessoa endinheirada; exceto por uma única situação, na qual agiam com extrema tolice. Existia uma disputa muito, muito antiga entre as duas famílias e, em vez de resolverem suas divergências como pessoas razoáveis, transformaram a briga numa espécie de mascote que jamais deixavam morrer. Assim, um Montéquio nunca falava com um Capuleto se o visse na rua — e vice-versa. Se porventura trocassem algumas palavras, seriam apenas grosserias e ofensas que certamente terminariam em briga.

ROMEU E JULIETA

Também seus amigos e servos agiam como tolos, de modo que a disputa entre os Montéquio e os Capuleto era sempre um pretexto para brigas de rua, duelos e desconfortos desse tipo. Certa vez, o chefe da família Capuleto deu uma grande festa, com muita música e fartura, e era tão generoso que abriu as portas de casa para quem quisesse ir — exceto (é claro) os Montéquio. Havia, entretanto, um único membro da família Montéquio interessado na celebração. O nome dele era Romeu, um jovem comum que gostaria de poder acompanhar a amada, Rosalina, na festa à qual fora convidada. Essa moça, aliás, nunca demonstrara qualquer gesto de gentileza a Romeu, e ele sequer tinha motivos para amá-la. A verdade é que Romeu desejava amar alguém e, como ainda não havia encontrado a pessoa certa, sentia-se obrigado a amar a errada. Por fim, decidiu ir à grande festa do senhor Capuleto, na companhia dos amigos Mercúcio e Benvólio.

O velho Capuleto os recebeu com bastante cortesia, e Romeu logo se esgueirou pela multidão de convidados. Todos naquele salão pareciam bem-vestidos, com trajes de veludo e cetim. Os homens ostentavam espadas cravejadas de pedras preciosas e colarinhos engomados, enquanto as mulheres exibiam suas joias com gemas caríssimas pregadas nos espartilhos. Romeu também vestia seus melhores trajes e, embora uma máscara negra lhe cobrisse os olhos e o nariz, bastava notar o formato da boca, a aparência do cabelo e a postura da cabeça para perceber que Romeu era uma dúzia de vezes mais bonito do que qualquer outro homem no salão.

Pouco tempo depois, em meio à multidão na pista de dança, Romeu avistou uma donzela tão linda e adorável que, a partir daquele momento, jamais voltou a pensar em Rosalina — por quem chegou a acreditar que estivesse apaixonado. Não conseguia tirar os olhos daquela dama radiante, e ela se movia no ritmo da música, o vestido de cetim flutuando, o colar de pérolas balançando. Para ele, todo o mundo parecia vazio e insignificante. Mais nada fazia sentido além dela. E era isso, ou algo parecido, que Romeu dizia ao amigo quando Teobaldo, sobrinho da senhora Capuleto, ouviu a voz dele e o reconheceu.

Enfurecido, Teobaldo se dirigiu imediatamente ao tio e lhe contou que um Montéquio entrara de penetra na festa; mas o velho Capuleto, um nobre cavalheiro, era gentil demais para desrespeitar alguém debaixo de seu teto e exigiu que Teobaldo ficasse de bico calado. O garoto, por sua vez, só esperava uma chance para incitar uma briga com aquele Montéquio atrevido.

Nesse ínterim, Romeu conseguiu se aproximar da bela moça e, com palavras afetuosas, declarou seu amor e a beijou. No instante seguinte, a mãe da jovem mandou chamá-la, e só então Romeu se deu conta de que a donzela por quem seu coração se apaixonara era Julieta, a filha do senhor Capuleto, seu inimigo confesso. Lamentando o infortúnio, deixou a festa, mas o amor pela menina permaneceu intacto.

E Julieta, confusa com toda a situação, perguntou à ama:

— Quem era aquele cavalheiro que não estava dançando?

— É o Romeu, um dos Montéquio, filho único do maior inimigo desta casa — respondeu a ama.

E Julieta se recolheu a seus aposentos. Pela janela do quarto, observou o belíssimo jardim, fascinada pelo contraste entre as sombras acinzentadas e os tons de verde sob o luar. Mal sabia que, em meio às árvores daquele mesmo jardim, Romeu se escondia, pois não conseguira partir sem vê-la outra vez. Então, alheia à presença do rapaz, Julieta revelou seu segredo em voz alta, confidenciando ao plácido jardim o quanto amava Romeu.

E nenhuma outra coisa o fizera tão feliz quanto aquela confissão. Ainda escondido, Romeu olhou para cima e avistou o semblante de Julieta iluminado pela lua e emoldurado por trepadeiras floridas ao redor da janela. Naquele instante, sentiu como se a voz e a aparência de Julieta o tivessem transportado a um mundo onírico, onde algum feiticeiro o conduzira até aquele jardim fascinante e encantado.

— Ah... e daí que se chama Romeu? — disse Julieta. — Se o amo, que diferença faz o seu nome?

— Pois me chame de amor, e esse será meu novo nome. De agora em diante, não serei mais Romeu — gritou, deixando as sombras dos ciprestes e aloendros para surgir sob o brilho intenso do luar.

Num primeiro instante, Julieta ficou apavorada, mas logo se alegrou ao perceber que era Romeu, não um estranho qualquer. E assim conversaram por um bom tempo, cada qual tentando encontrar as palavras mais carinhosas do mundo, como um típico casal apaixonado. Ele lá embaixo, no jardim, e ela debruçada no peitoril da janela. E tudo que disseram ali, numa doce melodia de vozes entrelaçadas, está escrito num livro muito precioso que vocês, crianças, poderão ler quando estiverem mais velhas.

Bom, como acontece quando duas pessoas apaixonadas estão juntas, o tempo voou tanto que, na hora de se despedir, parecia que eles tinham se encontrado naquele exato momento. Mal conseguiam dizer adeus.

— Mandarei alguém buscá-lo amanhã — prometeu Julieta.

Finalmente, depois de muito lenga-lenga, conseguiram se despedir.

Julieta fechou a janela, e uma cortina escura ocultou a luz da alvorada. Já Romeu atravessou o jardim úmido e silencioso como se flutuasse num sonho.

Na manhã seguinte, Romeu pulou da cama bem cedinho e saiu à procura do frei Lourenço. Planejava lhe contar toda a história com Julieta, e imploraria para que os casasse sem demora. Então, após uns minutos de conversa e insistência, o homem de Deus aceitou suas súplicas.

Assim, quando Julieta enviou a velha ama ao encontro de Romeu, na esperança de descobrir quais eram os planos, a mulher retornou com o recado de que tudo estava saindo conforme planejado, e o casamento aconteceria na manhã do dia seguinte.

ROMEU E JULIETA

Os jovens amantes estavam receosos de pedir a benção dos pais para se casar, como mandava a tradição. Tudo por culpa da estúpida rivalidade entre os Capuleto e os Montéquio.

Diante desse impasse, o frei Lourenço se dispôs a ajudar os jovens enamorados sem que ninguém soubesse. Isso porque imaginou que, uma vez casados, a família saberia da novidade e o casal daria um final feliz àquele antigo conflito.

Na manhã seguinte, Romeu e Julieta se casaram nos aposentos do frei Lourenço — e se separaram logo depois, entre lágrimas e beijos. Como o rapaz prometeu encontrar Julieta ao anoitecer, a ama da moça deixou uma escada de cordas pendurada na janela, para que Romeu pudesse subir até o quarto e conversar à sós com a querida esposa.

Porém, naquele mesmo dia, algo terrível aconteceu.

Teobaldo, o valentão que ficara exasperado com a presença de Romeu na festa do velho Capuleto, deu com ele e os dois amigos, Mercúcio e Benvólio, numa rua da cidade. Não lhe bastando os insultos proferidos ao jovem Montéquio, Teobaldo resolveu desafiá-lo para um duelo. Romeu não tinha qualquer intenção de brigar com o primo de Julieta, mas Mercúcio sacou a espada e, num piscar de olhos, entrou em combate com Teobaldo — e foi assim que Mercúcio morreu. Quando viu o amigo sem vida, Romeu não pensou em nada além do ódio contra o homem que fizera aquilo; então duelou até que Teobaldo caísse morto.

Então, no mesmo dia em que se casou, Romeu matou o primo querido de Julieta e foi banido da cidade. Apesar de tudo, a pobre moça e o marido ainda se encontram naquela noite. Pela escada de cordas escondida em meio às flores, Romeu alcançou a janela e encontrou Julieta. Embora estivessem juntos, a melancolia tomou conta do lugar, pois eles não sabiam quando se encontrariam outra vez. Assim, com lágrimas amargas e coração partido, tiveram que se separar.

Pouco tempo depois, o pai de Julieta, sem a mínima ideia de que a filha era casada, expressou-lhe o desejo de oferecer a mão dela a um cavalheiro chamado Páris. É claro que Julieta recusou a proposta; e o velho Capuleto ficou tão furioso que a menina não teve outra saída senão recorrer ao frei Lourenço em busca de ajuda.

Diante do desespero de Julieta, o velho confidente do casal aconselhou que fingisse aceitar o casamento com Páris e acrescentou:

— Posso lhe dar um xarope cujo efeito a deixará com a aparência de um cadáver por dois dias. Quando a levarem até a igreja, será para sepultá-la, não para casá-la. Eles a colocarão numa cripta, pensando que está morta, mas eu e Romeu estaremos lá para protegê-la antes de você acordar. Estaria disposta a fazer isso ou tem medo de se arriscar?

— Nem me fale em medo... Estou disposta, sim! — exclamou Julieta.

Assim que chegou à casa, não hesitou em dizer ao pai que se casaria com Páris. Se, naquele instante,

ROMEU E JULIETA

Julieta tivesse confessado toda a verdade ao pai... Bom, esta história teria sido totalmente diferente.

Como era de se esperar, o senhor Capuleto ficou bastante satisfeito e começou a organizar a festa do casamento, convidando todos os amigos e conhecidos da família. A casa inteira passou a noite em claro, já que havia muito a ser feito e pouco tempo para isso. O senhor Capuleto tinha pressa para que a filha se casasse, pois via o quanto estava infeliz. Ora, é claro que o motivo da aflição de Julieta era Romeu, seu marido, mas o pai pensava que estivesse sofrendo pela morte do primo Teobaldo — logo, o casamento seria uma boa alternativa para distrai-la do luto.

Na manhã do dia seguinte, a ama foi acordar Julieta logo cedo, pois começaria a arrumá-la para a cerimônia. Depois de alguns minutos tentando acordá-la, a moça não despertou, e a ama se pôs a gritar:

— Meu Deus! Meu Deus! Alguém me ajude! Minha senhorinha está morta! Ah, que vida cruel!

A senhora Capuleto entrou desesperada, seguida do senhor Capuleto e Páris, o noivo. E lá estava Julieta, fria, pálida e imóvel. Nem mesmo o pranto aflito de todos ao redor poderia acordá-la e, em vez de um casamento, teriam um funeral para organizar naquele dia.

Nesse meio-tempo, o frei Lourenço ordenou que um mensageiro fosse a Mântua e entregasse a Romeu uma carta com todos os detalhes do plano. E tudo teria dado certo se o mensageiro não tivesse se atrasado e perdido a viagem.

Em contrapartida, notícia ruim viaja rápido. Tão logo um antigo serviçal de Romeu — ciente do casamento secreto, mas alheio à mentira por trás da morte de Julieta — soube do funeral, viajou até Mântua para avisá-lo de que a jovem esposa estava morta e sepultada.

— Você está certo disso?! — exclamou Romeu, com o coração em pedaços. — Se assim for, esta noite repousarei ao lado de Julieta.

Sem delongas, Romeu saiu de onde estava, comprou um frasco de veneno e seguiu direto para Verona. Ao chegar à cidade, correu até a tumba de Julieta — que se tratava de uma grande cripta, não um túmulo qualquer —, cruzou a entrada principal do mausoléu e, enquanto descia as escadas que davam na galeria da família Capuleto, foi interrompido por uma voz atrás dele.

Era o conde Páris, o homem que se casaria com Julieta naquele mesmo dia.

— Como ousa entrar aqui e perturbar os finados dos Capuleto, seu Montéquio asqueroso? — Páris esbravejou.

O pobre Romeu, quase enlouquecido de angústia, ainda tentou responder com educação. Mas Páris afirmou:

— Você foi avisado de que se retornasse a Verona seria um homem morto.

— E é isso o que acontecerá. É a única razão pela qual estou aqui. Nobre e gentil cavalheiro, deixe-me em paz! Vá embora, antes que eu lhe faça algum mal! Temo mais pela sua vida do que pela minha... Por favor, vá e me deixe aqui.

— Resolvamos isso num duelo. Garanto que irá daqui para a prisão, como o verdadeiro criminoso que é — respondeu Páris.

Então, num ato de ódio e desespero, Romeu sacou a espada, e os dois lutaram bravamente. Porém apenas um deles sobreviveu.

No instante em que Romeu lhe atravessou a carne, Páris gritou:

— Ah, já estou morto! Se tem piedade de mim, abra a tumba e me deixe ao lado de Julieta.

E Romeu respondeu:

— Prometo-lhe que assim farei.

Fiel à promessa, Romeu carregou o cadáver até a tumba e o deitou próximo a Julieta. Em seguida, ajoelhou-se ao lado dela, proferiu doces palavras e a pegou no colo. Convencido de que estava morta, beijou-lhe os lábios gelados, bebeu todo o frasco de veneno e morreu ao lado da amada esposa.

Finalmente o frei Lourenço apareceu, mas já era tarde demais. Pouco tempo depois, a pobre Julieta enfim acordou e se deparou com o marido e o noivo, ambos mortos ao seu lado.

Como a gritaria da luta atraíra outras pessoas à tumba, o frei Lourenço acabou fugindo às pressas — e Julieta foi deixada a sós, em busca de alguma pista do que acontecera. Tudo fez sentido no instante em que encontrou o frasco de veneno caído no chão. Vendo que não restara nem sequer uma gota do líquido mortal para ela, Julieta pegou a adaga do marido e a enfiou direto no próprio coração. Sobre o peito de Romeu ela caiu, e com seu amado morreu.

E assim termina a história desse casal tão fiel e infeliz.

****

Quando o frei Lourenço deu a tenebrosa notícia aos pais, a dor que sentiram foi inconcebível. Só então, diante de todo o mal causado por aquela briga estúpida, as duas famílias se arrependeram e, sobre o cadáver dos filhos, finalmente se deram as mãos, em sinal de amizade e perdão.

MACBETH

"Ouso fazer tudo que um homem de honra faria. Aquele que se atreve a fazer mais do que isso, desonrado será."

Quando se pergunta a história de Macbeth a uma pessoa, ela pode contar duas versões diferentes. Uma delas é a história de um homem chamado Macbeth que tomou o trono da Escócia por meios criminosos no ano de 1039 e governou com justiça e bondade durante quinze anos, ou mais. Essa versão é parte da história oficial da Escócia, enquanto a outra descende de um lugar chamado Imaginação. Esta segunda é tão sombria quanto maravilhosa, e você certamente precisa conhecê-la.

MACBETH

Um ou dois anos antes de Eduardo, o Confessor, assumir o trono da Inglaterra, o país vencera uma batalha na Escócia contra o rei da Noruega. Naquele período, o exército estava sob o comando de dois generais: Macbeth e Banquo. Após a grande batalha, esses dois generais se dirigiram a Forres, em Elginshire, onde Duncan, o rei da Escócia, esperava-os.

No meio do caminho para Forres, os dois atravessavam um pântano deserto quando três mulheres barbadas apareceram de mãos dadas. Eram irmãs, todas de corpo franzino e modos selvagens.

— Quem são vocês? Identifiquem-se já! — exigiu Macbeth.

— Salve, Macbeth, senhor de Glamis — disse a primeira senhora.

— Salve, Macbeth, senhor de Cawdor — disse a segunda.

— Salve, Macbeth, nosso futuro rei — completou a terceira.

Banquo então questionou:

— E quanto a mim?

— O senhor será pai de reis — respondeu a terceira mulher.

— Expliquem isso melhor — exigiu Macbeth. — Com a morte de meu pai, tornei-me senhor de Glamis, mas o senhor de Cawdor ainda está vivo, assim como o rei e seus sucessores. Falem logo, eu ordeno!

E a única resposta das mulheres foi desaparecer, como se tivessem evaporado no ar de repente.

Só depois Banquo e Macbeth se deram conta de que as mulheres eram bruxas; e ainda conversavam sobre aquelas profecias escusas quando dois nobres cavalheiros se aproximaram. Um deles agradeceu Macbeth em nome do rei, pelos serviços militares prestados, e o outro disse:

— O rei pediu que o chamasse de senhor de Cawdor.

E Macbeth descobriu que o detentor daquele título estava prestes a morrer, condenado por crime de traição, e não pôde evitar pensar: "A terceira bruxa me chamou de 'futuro rei'".

— Banquo, você percebeu que as bruxas disseram a verdade sobre mim? — perguntou Macbeth ao amigo. — Será que o seu filho e o seu neto se tornarão reis?

O homem franziu a testa. Como o rei Duncan tinha dois sucessores, Malcolm e Donalbain, Banquo considerava um gesto de deslealdade imaginar que o próprio filho, Fleance, governaria a Escócia algum dia. Portanto, apenas disse a Macbeth que as bruxas, num ato de vilania, provavelmente tentaram corrompê-los com aquelas suposições sobre o trono. Mas, para Macbeth, a profecia de que se tornaria rei parecia prazerosa demais para não ser compartilhada; então decidiu mencioná-la numa carta à esposa.

A senhora Macbeth era neta de um antigo rei da Escócia, que morrera defendendo a Coroa contra o antecessor de Duncan — por ordem de quem seu único irmão fora assassinado. Para ela, Duncan era uma lembrança de inúmeras injustiças dolorosas, e bastou apenas o conteúdo da carta para que a dama se convencesse de que Macbeth deveria se tornar rei, uma vez que também corria sangue real nas veias do marido.

Com isso em mente, no dia em que um mensageiro lhe avisou que Duncan passaria a noite no palácio de Macbeth, a nobre senhora tomou coragem para executar seu plano sórdido e saiu à procura do marido.

Ao finalmente encontrá-lo, num dos corredores do castelo, sussurrou que Duncan acordaria numa manhã sem sol. Tratava-se de um código para dizer que Duncan deveria morrer, uma vez que os mortos não enxergam a luz a do sol.

— Falaremos disso depois — respondeu Macbeth, receoso.

Mais tarde, com as palavras amistosas de Duncan na lembrança, mostrou-se disposto a poupar a vida do visitante.

— Você suportaria viver como um covarde? — indagou a senhora Macbeth, cuja noção de moralidade parecia se confundir com a de covardia.

— Ouso fazer tudo que um homem de honra faria — respondeu Macbeth. — Aquele que se atreve a fazer mais do que isso, desonrado será.

— Então por que me escreveu aquela carta? — questionou furiosa e, com seu tom amargo e discurso manipulador, não só conseguiu convencê-lo a cometer o assassinato, como também descreveu exatamente como fazê-lo.

Após a ceia, Duncan se recolheu e dois cavalariços foram deixados de guarda na porta dos aposentos.

A senhora Macbeth os induzira a beber vinho até que se embriagassem. Em seguida, pegou as adagas dos cavalariços, e teria matado Duncan com as próprias mãos se o rei adormecido não fosse tão parecido com seu próprio pai.

Passados alguns minutos, Macbeth se dirigiu ao quarto, encontrou as adagas no chão, aos pés dos cavalariços, e pôs o plano em prática.

Com as mãos tingidas de vermelho, voltou-se à esposa e disse:

— Pensei ter escutado uma voz gritar "Não durma mais! Macbeth aniquila quem dorme".

— Lave as mãos — ela ordenou. — Por que não deixou as adagas com os cavalariços? Leve-as de volta e suje-os de sangue.

— Eu não me atreveria assim — respondeu Macbeth.

Mas a esposa se atreveu. E, com as mãos cheias de sangue, contou com orgulho o que fizera. Ao contrário dele, não demonstrava qualquer centelha de compaixão, e ainda debochou do medo que o marido sentia.

De repente, os assassinos escutaram alguém bater à porta — e Macbeth desejou que fosse uma batida mágica, capaz de acordar o morto. No entanto, era apenas Macduff, o senhor de Fife, a quem Duncan pedira que o visitasse cedo. Macbeth foi ao encontro dele e lhe indicou a porta dos aposentos do rei.

Macduff entrou e saiu no mesmo instante, gritando aterrorizado:

— Que horror! Que horror!

MACBETH

Macbeth parecia tão apavorado quanto Macduff e, fingindo não suportar que os assassinos de Duncan saíssem com vida, matou os dois cavalariços com as próprias adagas, antes que pudessem sequer se defender. Nenhum desses assassinatos foi divulgado, e Macbeth foi coroado rei em Scone. Um dos filhos de Duncan foi enviado para a Irlanda, enquanto o outro fugiu para a Inglaterra.

Embora Macbeth tivesse se tornado rei, continuava insatisfeito, pois a profecia sobre Banquo lhe perturbava a mente. Se Fleance estava destinado a se tornar rei, os descendentes de Macbeth perderiam o trono, então achou por bem matar Banquo e o filho. Assim, quando o velho general se dirigia com o filho a um banquete oferecido aos nobres pelo rei, dois criminosos assassinaram Banquo a mando de Macbeth. Fleance escapou.

Enquanto isso, o rei e a rainha recebiam os convidados com elegância, e os votos de Macbeth se repetiriam milhares de vezes a partir daquele dia:

— A boa digestão depende de um bom apetite... e a boa saúde depende de ambos!

— Suplico que vossa majestade se junte a nós — disse Lennox, um nobre escocês.

Contudo, antes que Macbeth respondesse, o fantasma de Banquo entrou no salão de banquete e se sentou no lugar do rei.

Sem notar a presença do fantasma, Macbeth comentou que, se Banquo estivesse presente, poderia certamente afirmar que reunira o grupo mais seleto de cavaleiros da Escócia — embora também faltasse Macduff, que recusara o convite sem qualquer explicação.

Os nobres senhores voltaram a insistir que o rei se sentasse, e Lennox, para quem o fantasma de Banquo era invisível, apontou-lhe exatamente a cadeira da assombração. Macbeth, por sua vez, era dotado de uma visão extraordinária e conseguiu enxergar o fantasma. Podia vê-lo numa mistura de névoa e sangue, e perguntou desesperado:

— Qual dos senhores fez isso?

Todos ficaram confusos, pois mais ninguém via o espectro, então Macbeth se voltou à figura invisível e disse:

— Você não tem como provar que fui eu.

E o fantasma se dissipou no ar.

Insolente como era, Macbeth ergueu uma taça de vinho e exclamou:

— À saúde de todos que aqui estão! E ao nosso querido amigo Banquo, que nos faz tanta falta!

Enquanto ainda brindavam, o fantasma de Banquo retornou ao salão.

— Saia daqui! — berrou Macbeth. — Você é uma ilusão, uma aberração! Volte às profundezas da terra, sombra tenebrosa!

Pela segunda vez, ninguém além dele viu o espectro.

— Que coisa é essa que vossa majestade está vendo? — perguntou um dos nobres.

Ao notar algo de errado, a rainha interrompeu a conversa, para que o marido não respondesse, e solicitou que os convidados se retirassem e poupassem o homem

MACBETH

adoentado, cuja enfermidade poderia piorar caso fosse obrigado a falar.

No dia seguinte, Macbeth já se sentia forte o bastante para conversar com as bruxas responsáveis pelas profecias que o haviam corrompido.

Trovejava muito na tarde em que as encontrou dentro de uma caverna. As três senhoras mexiam um grande caldeirão, e pedaços de criaturas estranhas e pavorosas borbulhavam dentro dele. Antes de Macbeth chegar, elas já sabiam que ele apareceria em algum momento.

— Respondam a minha pergunta — ordenou o rei.

— O senhor prefere ouvir a resposta da nossa boca ou dos nossos mestres? — perguntou a primeira bruxa.

— Chame-os! — respondeu Macbeth.

Em seguida, as bruxas derramaram sangue no caldeirão, gordura nas chamas que o lambiam, e uma cabeça protegida por um elmo surgiu de repente. Como a viseira estava abaixada, Macbeth via somente os olhos da aparição.

Assim que se pôs a conversar com a cabeça, a primeira bruxa disse:

— Ele consegue ler os seus pensamentos.

E uma voz sinistra ecoou:

— Macbeth, tome muito cuidado com Macduff, o senhor de Fife — dito isso, a cabeça mergulhou no caldeirão e desapareceu.

— Tenho mais uma pergunta, volte! — implorou Macbeth.

— Ele não recebe ordens — respondeu a primeira bruxa.

Subitamente, uma criança surgiu do caldeirão, com uma coroa na cabeça e uma árvore nas mãos.

— Macbeth será invencível até que o Bosque de Birnam suba a Colina Dunsinane.

— Ora, isso é impossível! — exclamou Macbeth.

Aproveitando o ensejo, o rei também perguntou à entidade se os descendentes de Banquo tomariam o trono da Escócia algum dia, mas um buraco se abriu e o caldeirão afundou na terra. Ouviu-se uma música solene, e uma procissão de fantasmas de antigos reis passou por Macbeth. No fim da fila, estava o espectro de Banquo. Na verdade, viu algum traço de Banquo em cada um deles. Eram oito no total.

De repente, estava sozinho.

Assim, a primeira providência tomada por Macbeth foi enviar assassinos ao palácio de Macduff. Como os criminosos não conseguiram encontrar o alvo, demandaram à senhora Macduff o esconderijo do marido, e ela lhes deu uma reposta tão afiada que um dos homens chamou Macduff de traidor.

— Seu mentiroso! — gritou o filho de Macduff, um valente jovenzinho que foi imediatamente apunhalado por um dos criminosos. No seu último suspiro de vida, implorou à mãe que fugisse dali, mas os assassinos não deixaram o castelo até que todos os moradores estivessem mortos.

Macduff estava na Inglaterra, na companhia de Malcolm, e os dois ouviam um médico contar relatos de pessoas curadas por Eduardo, o Confessor, quando Ross chegou para lhe avisar que a senhora Macduff e seus filhos não estavam mais vivos. A princípio, Ross não teve coragem de falar a verdade, já que transformaria em dor e ódio a alegria genuína de Macduff pelos enfermos curados. Porém, assim que Malcolm lhes contou que o exército da Inglaterra estava a caminho da Escócia para derrubar Macbeth, Ross revelou as péssimas notícias.

— Você disse... *Todos* mortos? — gritou Macduff.
— *Todos* os meus lindos filhos e a mãe deles? *Todos*... é isso mesmo?

Sua única esperança estava na vingança. Porém, se pudesse dar uma olhada dentro castelo de Macbeth, na Colina Dunsinane, veria em ação uma força ainda mais poderosa do que a vingança. O castigo divino finalmente surtira efeito, e a senhora Macbeth havia enlouquecido. No meio da noite, entre sonhos horripilantes, ela saía perambulando sem acordar. Também começou a lavar as mãos a cada quinze minutos; contudo, por mais que esfregasse, ainda via uma mancha de sangue por baixo da pele. Dava pena escutá-la gritando e reclamando que nem um único bálsamo da Arábia purificava suas pequeninas mãos sanguinárias.

— Mas o senhor não tem meios para cuidar de uma mente adoecida? — indagou Macbeth ao médico.

E o homem simplesmente respondeu que, naquele caso, somente a própria paciente poderia se ajudar.

A resposta lhe pareceu inútil, e Macbeth sentiu desprezo pelo conhecimento médico.

— Atirem a medicina aos cães! Nada disso me interessa! — praguejou.

Certo dia, Macbeth um som mulheres se lamuriando e, no instante seguinte, um oficial da guarda se aproximou para dizer:

— Vossa majestade... A rainha está morta.

— Apague-se, chama fugaz! — murmurou o rei, insinuando que a vida é como uma vela, está sempre à mercê de um mero sopro. Macbeth não derramou nem sequer uma lágrima. Já estava bastante íntimo da morte.

Após a notícia do falecimento da esposa, outro mensageiro se aproximou para dizer que vira o Bosque de Birnam marchando colina acima. Descrente da veracidade daquilo, Macbeth chamou o pobre moço de escravo mentiroso e ameaçou enforcá-lo se estivesse enganado.

— Se vossa majestade estiver certa, não me importarei em morrer — respondeu o mensageiro.

Das janelas da torre do castelo de Dunsinane, o Bosque de Birnam realmente parecia marchar. Todos os soldados do exército inglês carregavam um galho retirado daquele bosque e, como árvores humanas, subiam a Colina Dunsinane.

Diante daquela ameaça, a coragem de Macbeth permaneceu intacta e, de imediato, apresentou-se à batalha para vencer ou morrer. Seu primeiro golpe foi matar o filho do general inglês num confronto direto e, quando Macduff se aproximou, ávido por vingança, Macbeth se sentia invencível.

— Vá embora! Já derramei muito do seu sangue — aconselhou Macbeth.

— Minha voz é a espada — retrucou Macduff, segundos antes de lhe aplicar um golpe e exigir que se rendesse.

— Não me renderei! — bradou Macbeth. Mas sua hora já havia chegado, e caiu ao chão. Estava morto.

Ao passo que a tropa de Macbeth partia em retirada, Macduff se apresentou a Malcolm, segurando pelos cabelos a cabeça decepada de Macbeth.

— Salve o rei! — exclamou. E o novo rei encarou a cabeça do antecessor.

Assim, Malcolm, filho do antigo rei Duncan, sucedeu o reinado de Macbeth. Só depois de muitos anos, os descendentes de Banquo se tornariam, de fato, reis.

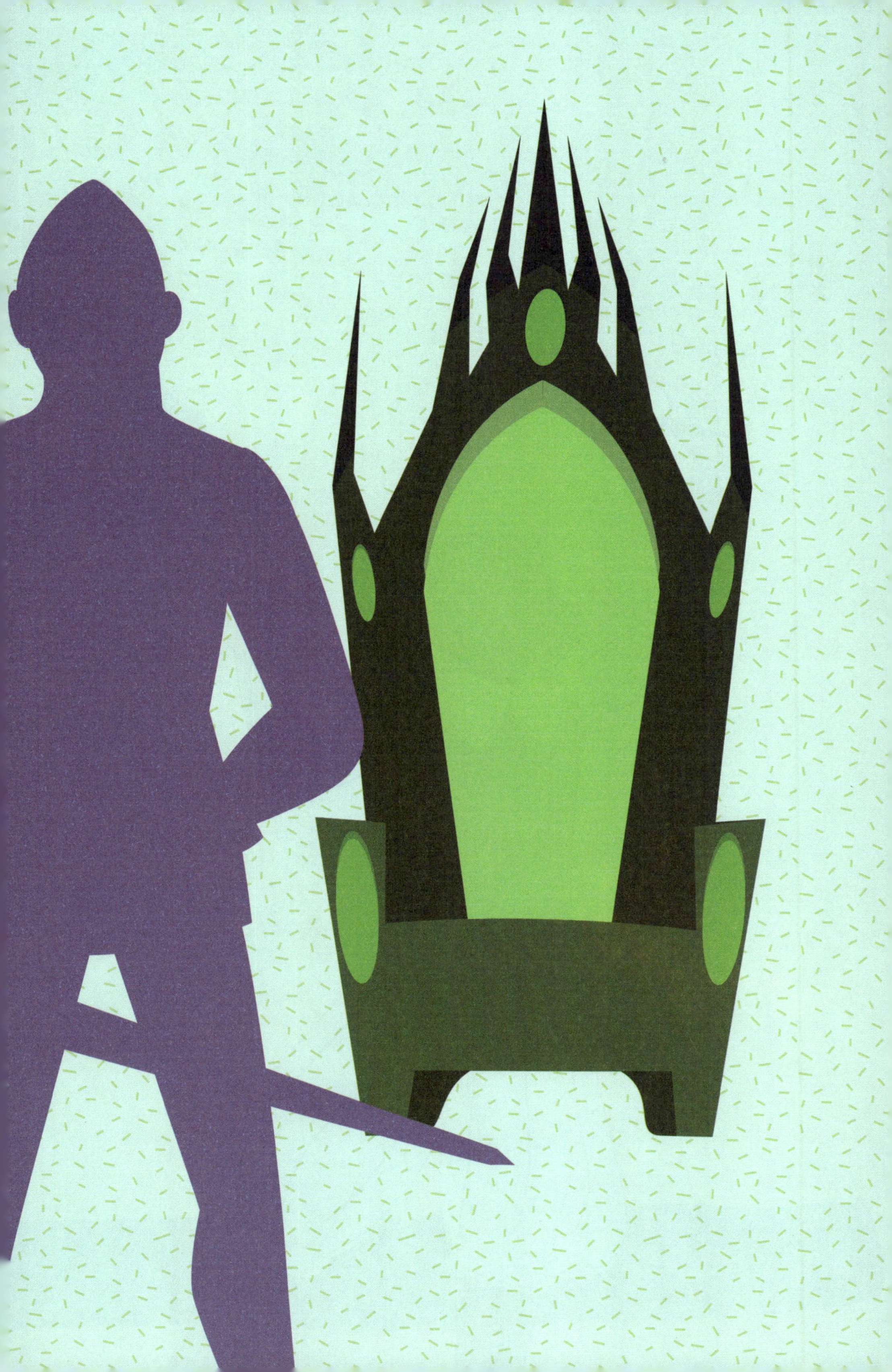

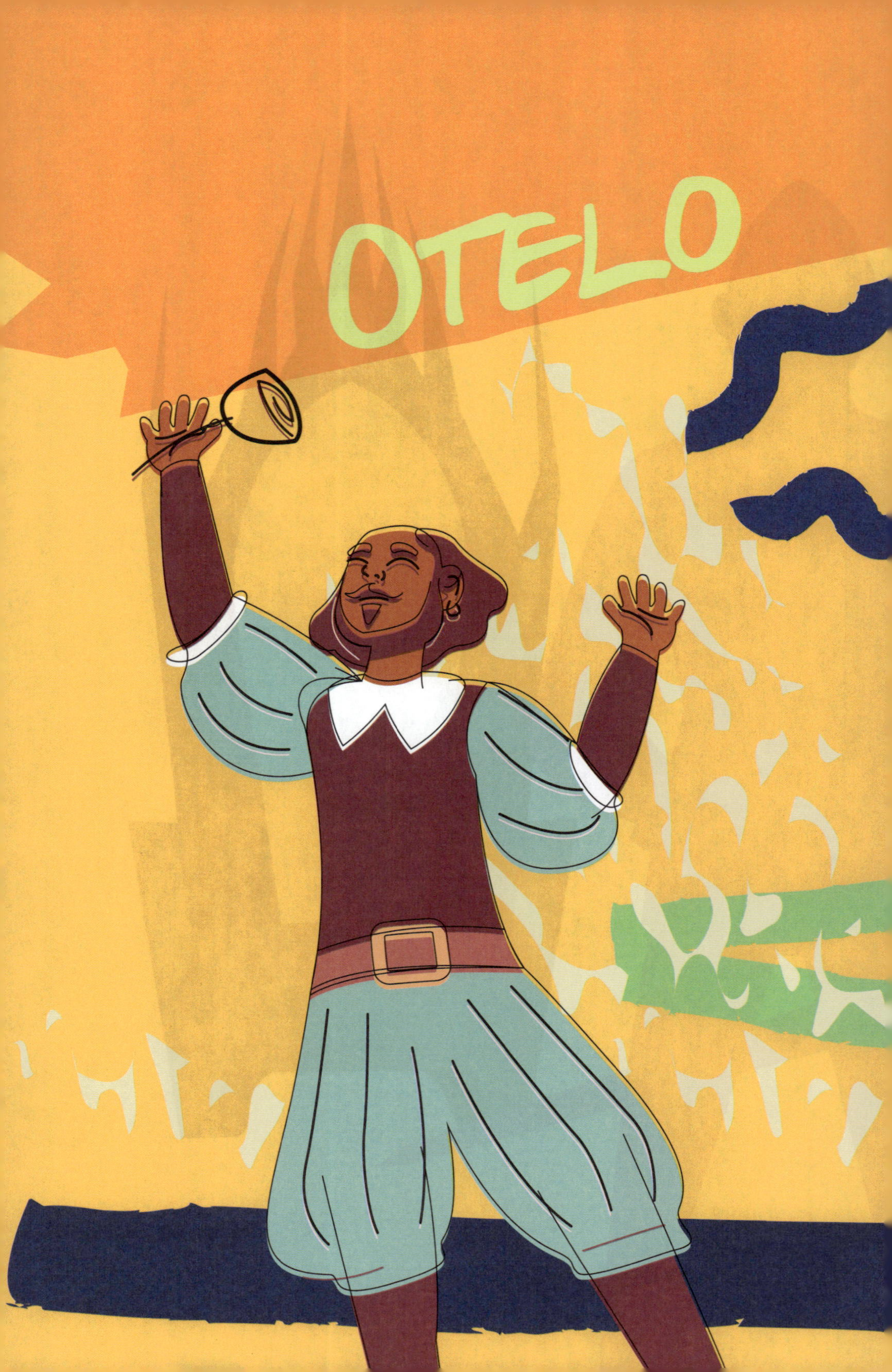
OTELO

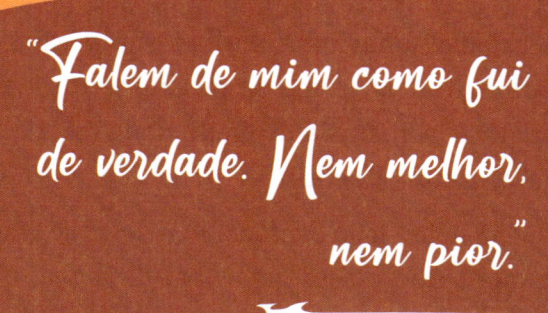

> "Falem de mim como fui de verdade. Nem melhor, nem pior."

Quatrocentos anos atrás, na cidade de Veneza, um soldado chamado Iago odiava Otelo, o general do exército, por não ter sido promovido ao posto de tenente. Em vez de Iago, o oficial mais recomendado para o posto, Otelo elegera Michael Cássio, cuja lábia o ajudara a conquistar o coração de Desdêmona. Um grande amigo de Iago, o jovem Rodrigo, também era apaixonado por Desdêmona e sentia que jamais seria feliz se com ela não se casasse.

Otelo era mouro, de pele tão escura que os inimigos o chamavam de mouro negro. Tivera uma vida difícil, mas cheia de aventuras. Já fora derrotado numa batalha e vendido como escravo; e também conhecera várias partes do mundo e vira homens cujos ombros eram mais altos do que a própria cabeça. Corajoso como um leão, tinha apenas um grande defeito: o ciúme. Seu amor era sempre um terrível gesto de egoísmo.

OTELO

Para ele, amar uma mulher significava se apossar totalmente dela, como se possuísse um objeto sem vida ou alma. A história de Otelo nada mais é que uma alegoria do ciúme doentio.

Certa noite, Iago contou a Rodrigo que Otelo levara Desdêmona embora sem que o pai da moça, o senador Brabâncio, soubesse. Com um plano em mente, Iago convenceu Rodrigo a acordar Brabâncio e, assim que o senador apareceu, avisou-lhe da fuga de Desdêmona do modo mais chocante possível. Embora Otelo fosse seu superior, Iago chegou a chamá-lo de ladrão e cavalo selvagem.

Após esse ocorrido, Brabâncio denunciou Otelo ao duque de Veneza, sob a acusação de feitiçaria para seduzir sua filha. Naturalmente, Otelo se defendeu, com o argumento de que o único feitiço utilizado era a voz, que contava a Desdêmona suas aventuras e fugas do perigo. Por fim, a moça foi levada à sala de audiências, onde declarou seu amor a Otelo apesar de sua cor. Para se justificar, disse:

— No semblante de Otelo, enxergo sua alma bondosa.

Como Otelo e Desdêmona se casaram logo depois, e ela parecia bastante feliz, não restaram motivos para acusá-lo — especialmente porque o duque pretendia enviá-lo à ilha de Chipre, numa guerra contra os turcos. Assim, quando Otelo estava prestes a partir, Desdêmona teve permissão de acompanhá-lo na viagem, depois de tanto suplicar ao duque.

Ao desembarcar na ilha, o coração de Otelo foi tomado de alegria.

— Ah, minha querida — disse a Desdêmona, que chegou logo em seguida, com Rodrigo, Iago e Emília, esposa de Iago.

— Nem sei o que lhe dizer. Só consigo pensar que estou apaixonado por minha própria felicidade!

Naquele mesmo dia, receberam notícias de que as forças turcas haviam recuado, e Otelo promoveu um grande festival de comemoração em Chipre, com mais de seis horas de festa.

Cássio estava de plantão no castelo principal, de onde Otelo governava toda a ilha, quando Iago induziu o novo tenente a beber além da conta. Com a ajuda de alguns servos, o quarto foi abastecido com muito vinho, e Iago se pôs a cantar músicas de taberna, fazendo Cássio brindar diversas vezes à saúde do general. Não foi uma tarefa fácil, já que o rapaz sabia o quanto vinho sobe rápido à cabeça, mas, por fim, a armadilha funcionou.

Assim que já estava embriagado a ponto de se tornar agressivo, Iago instruiu Rodrigo a ofendê-lo de alguma maneira. Como esperado, Cássio não hesitou em pegar um cassetete e bater em Rodrigo — que correu até Montano, o ex-governador. Com muita polidez, Montano intercedeu por Rodrigo, mas recebeu uma resposta tão rude que gritou:

— Chega disso, seu bêbado!

Então Cássio, sem noção dos próprios atos, feriu o ex-governador. Tudo corria conforme planejado, e

OTELO

Iago mandou Rodrigo alarmar a cidade com o aviso de um falso motim.

Naturalmente, o tumulto despertou Otelo, que tomou uma atitude no mesmo instante:

— Cássio, tenho muita estima por você, mas saiba que nunca mais trabalhará para mim.

Mais tarde, Cássio e Iago ficaram a sós, e o jovem arruinado lamentou por sua reputação. Numa tentativa de fingir empatia pelos sentimentos do companheiro, Iago respondeu que o conceito de reputação não passava de uma grande besteira.

— Oh, céus! — exclamou Cássio, ignorando o conselho. — Por que os homens insistem em ingerir um inimigo que lhes devora o cérebro?

Por fim, Iago recomendou que pedisse ajuda a Desdêmona, pois ela talvez pudesse convencer o marido a perdoá-lo. Então, na manhã seguinte, o conselho surtiu efeito e Cássio apresentou o pedido a Desdêmona no jardim do castelo. Como era a gentileza em pessoa, ela respondeu imediatamente:

— Alegre-se, Cássio! Prefiro morrer a desistir do seu caso.

Mas, naquele mesmo instante, Cássio avistou Otelo acompanhado de Iago. Os dois pareciam se aproximar, então o rapaz humilhado se retirou às pressas.

Como planejado, Iago disse:

— Não gostei daquilo.

— O que disse? — perguntou Otelo, desconfiado de que insinuara algo desagradável.

E Iago apenas desconversou, como se não tivesse dito nada.

— Aquele não era o Cássio se afastando da minha esposa? — indagou Otelo.

Então Iago, certo de que era Cássio e certo do intuito de Cássio, respondeu:

— Acredito que não. Recuso-me a pensar que Cássio escaparia de modo tão suspeito.

Desdêmona, por sua vez, preferiu dizer a verdade. Contou ao marido que Cássio se retirara às pressas porque estava magoado e humilhado, bem como lembrou Otelo das vezes que Cássio o ajudara quando ela ainda era solteira e desprezava o mouro apaixonado.

Comovido pela lembrança, Otelo declarou:

— Nada negarei a você.

Então Desdêmona sugeriu que o perdão faria tão bem ao general quanto um bom jantar. Em seguida, a moça deixou o jardim, e Iago perguntou se era mesmo verdade que Cássio conhecera Desdêmona antes de ela se casar.

— Sim — respondeu Otelo.

— Curioso — insinuou Iago, como se algo que o intrigava estivesse finalmente explicado.

— Ele não é um sujeito honesto? — questionou Otelo.

— Honesto... — repetiu Iago, como se estivesse com medo de negar.

— O que isso quer dizer? — insistiu Otelo.

OTELO

A essa pergunta, Iago respondeu o exato oposto do que dissera a Cássio. Antes, a reputação não passava de grande besteira, mas depois:

— Quem furta minha carteira rouba apenas lixo. Quem corrompe minha reputação arruína toda a minha vida.

Ao ouvir isso, Otelo quase deu um pulo. E Iago apostava tanto no ciúme do general que até se atreveu a adverti-lo sobre isso. Sim, foi o próprio soldado que o aconselhou a tomar cuidado com os perigos do ciúme. Em suas palavras, o ciúme é um "monstro de olhos verdes que zomba da carne que o alimenta". Assim, tendo despertado esse mostro dentro de Otelo, pôde alimentá-lo com a lembrança do dia em que Desdêmona enganara o pai para fugir com seu amado. De maneira implícita, insinuou o seguinte pensamento: "Se ela foi capaz de enganar o próprio pai, por que faria diferente com você?".

À vista disso, assim que voltou ao jardim para chamá-lo a jantar, Desdêmona notou a aflição no olhar do marido, e Otelo apenas reclamou de uma dor de cabeça ao ser questionado. Sem contestá-lo, Desdêmona tirou do bolso um lenço deslumbrante que ganhara do marido. Uma profetisa de duzentos anos fizera aquele lenço com a seda de bichos-da-seda sagrados. Para tingi-lo, utilizara um pigmento produzido por moças virgens, e os bordados de morango demoraram semanas para ser finalizados. Apesar do inestimável valor, a adorável Desdêmona via o presente como um simples tecido, refrescante e macio, que poderia aliviar a dor de Otelo — e mal sabia o estrago que a perda daquele objeto faria em sua vida.

— Deixe-me envolver sua cabeça com este lenço — disse a Otelo. — Em menos de uma hora se sentirá melhor.

Ainda irritado, Otelo murmurou que o tecido era pequeno demais, então o deixou cair e entrou no castelo — a oportunidade perfeita para que Emília encontrasse e pegasse o lenço que Iago sempre lhe pedira para roubar. Deslumbrada com a qualidade do material, ela ainda o examinava quando o marido se aproximou e, após trocarem algumas palavras, tomou-lhe o tecido das mãos. Por fim, Iago ordenou que Emília o deixasse sozinho.

Ainda no jardim, Otelo se juntou a ele. Parecia ávido pelas piores mentiras que Iago tinha a lhe oferecer. Prontamente, o jovem soldado se pôs a dizer que vira Cássio limpar a boca com um certo lenço que, pelos bordados de morango, lembrava muito aquele que Otelo dera à esposa.

O pobre mouro enlouqueceu de tanta raiva, e Iago jurou aos céus que entregaria seu corpo, coração e alma a serviço de Otelo.

— Aceito sua estima — respondeu Otelo. — Em menos de três dias, espero ser avisado da morte de Cássio.

O próximo passo do plano foi deixar o lenço de Desdêmona nos aposentos de Cássio. Embora não soubesse como o tecido fora parar em seu quarto, Cássio ficou tão encantado com a estampa de morangos que o entregou a Bianca, sua amante, e pediu que fizesse outro igual.

OTELO

Em seguida, Iago induziu Otelo, que já havia provocado Desdêmona em virtude do lenço, a entreouvir uma conversa que teria com Cássio. A ideia era conversar com o ex-tenente sobre Bianca, a moça com quem tinha um caso, enquanto Otelo pensava que falavam de Desdêmona.

— Como vai, tenente? — perguntou Iago assim que Cássio apareceu.

— Pior agora, por ser chamado de algo que não sou — respondeu, desolado.

— Não desista de Desdêmona, e logo será recompensado — disse Iago. Em seguida, para que Otelo não ouvisse, prosseguiu num tom de voz mais baixo. — Se Bianca pudesse dar um jeito nisso, certamente o faria sem pensar duas vezes.

— Nem me fale! Pobre diabrete... Eu realmente acho que ela me ama — respondeu Cássio.

Pretensioso como era, seguiu se gabando sobre a afeição que Bianca tinha por ele; enquanto Otelo sufocava de raiva. Convencido de que o rapaz tagarelava sobre Desdêmona, pensou: "É, fanfarrão... Agora vejo o seu nariz, mas logo verei o cachorro para qual irei atirá-lo".

Otelo ainda bisbilhotava a conversa quando Bianca entrou, furiosa com Cássio, de quem se achava dona. A jovem acabara de descobrir que o tecido que Cássio lhe pedira para copiar pertencia a uma nova amante e, num acesso de raiva, atirou-lhe o lenço e alguns insultos; então Cássio se retirou com ela.

Otelo havia visto Bianca, que não chegava aos pés de Desdêmona nem em beleza nem em oratória, e começou a elogiar a própria esposa para o vilão diante dele. Ainda que a contragosto, elogiou a habilidade da esposa com costura, a voz, que era capaz de "amansar uma fera", a inteligência, a doçura e o tom da pele. A cada elogio, Iago lhe dizia algo que o lembrava da raiva, então sentia ainda mais raiva. Parecia impossível parar de exaltá-la e, por fim, disse:

— Mas que pena, Iago! Ah, que pena!

Iago nem sequer hesitou, tamanha a sua maldade. Se tivesse hesitado, nem que fosse por um milésimo de segundo, talvez tivesse desistido. — Estrangule-a — disse Otelo.

— Muito bem! — respondeu o impostor miserável.

A dupla ainda discutia o assassinato quando Desdêmona chegou, acompanhada de um parente do pai, o velho Ludovico. Este senhor aparecera no castelo para entregar a Otelo uma carta enviada pelo duque de Veneza, cujo conteúdo ordenava que Otelo retornasse de Chipre e deixasse nas mãos de Cássio a governança da ilha.

Infelizmente, Desdêmona aproveitou esse péssimo momento para defender Cássio outra vez.

— Fogo e enxofre! — bradou Otelo.

— Talvez a carta o tenha perturbado — explicou Ludovico a Desdêmona, revelando-lhe o conteúdo da mensagem.

OTELO

— Fico feliz — disse Desdêmona. Essa foi a primeira demonstração de amargura que a agressividade de Otelo finalmente arrancou dela.

— E eu fico feliz em vê-la perdendo a cabeça — retrucou Otelo.

— Ora, por quê, doce Otelo? — perguntou, sarcástica. Como resposta, Otelo lhe deu um tapa no rosto.

Essa era a deixa perfeita para que Desdêmona se separasse do marido e salvasse a própria vida; mas ela ainda não sabia o perigo que corria e somente pensou que seu amor houvesse sido dilacerado.

— Eu não mereço isso — murmurou, enquanto as lágrimas escorriam lentamente pelo rosto.

Ludovico, por sua vez, ficou indignado com a cena e se intrometeu:

— Meu senhor, ninguém vai acreditar nisso em Veneza. Faça as pazes com ela.

No entanto, como um desvairado que fala sozinho, Otelo despejou todos os seus pensamentos sórdidos num discurso indecoroso e, enfim, esbravejou:

— Saia da minha frente!

— Se minha presença o ofende, não fico nem mais um segundo aqui — respondeu a esposa. Depois disso, protelou um pouco sua saída, mas partiu assim que o marido voltou a gritar:

— Fora!

Quanto a Ludovico, Otelo o convidou para a ceia e, no salão de jantar, acrescentou:

— O senhor é muito bem-vindo a Chipre. Cabras e macacos! — Sem esperar uma resposta, retirou-se da mesa.

Visitantes discretos odeiam ter que presenciar brigas de família, ainda mais quando são chamados de cabras e macacos. Bastante constrangido, Ludovico pediu a Iago alguma explicação.

Fiel apenas a si mesmo, com uma habilidade invejável de falar por insinuações, o soldado deu a entender que Otelo era pior do que parecia e sugeriu que Ludovico observasse com os próprios olhos o comportamento nocivo do general. Plantada a semente da dúvida, pediu que fosse poupado do desconforto de mais perguntas e se retirou.

Sem demora, Iago saiu à procura de Rodrigo, com a intenção de mandá-lo assassinar Cássio, mas o amigo já estava farto de suas armações. Rodrigo já havia confiado inúmeras joias aos cuidados de Iago, que prometia entregá-las a Desdêmona, mas nunca obtivera qualquer retorno. A moça jamais vira sequer a cor dos presentes, pois o jovem soldado roubava todas.

Contudo, bastou uma única mentira para que Iago conseguisse acalmar o amigo. Pouco tempo depois, lá estava ele, à espera de Cássio na frente da casa de Bianca, prestes a desferir um golpe e receber outro. Como Cássio não demorou a gritar por ajuda, Ludovico correu para acudi-lo, acompanhado de um colega, e o plano fracassou.

Aproveitando a oportunidade de se livrar de um amigo inconveniente, Iago não hesitou em apunhalar

OTELO

Rodrigo pelas costas assim que ouviu Cássio acusá-lo do ataque.

— Bandido! — gritou ao feri-lo, sem lhe tirar a vida.

Enquanto isso, no castelo, Desdêmona encontrava-se desolada. Emília até tentou ajudá-la, mas a pobre moça preferiu ficar sozinha, como o marido exigira.

— Por acaso você está me rejeitando? — indagou Emília, esposa de Iago.

— São ordens dele... não podemos aborrecê-lo agora — explicou-se.

Sozinha no quarto, pôs-se a cantar. A letra da melodia contava a história de uma donzela que tinha o marido como base e chorava sob uma árvore, enquanto os galhos pingavam como se lacrimejassem com ela. Cantarolou bem baixinho, foi para a cama e enfim adormeceu.

De repente, o olhar raivoso do marido a despertou.

— Fez uma oração antes de dormir? — perguntou Otelo, obrigando a jovem meiga e imaculada a pedir perdão a Deus por qualquer pecado que lhe atormentasse a consciência. — Eu me recuso a matar a sua alma também.

Sem mais delongas, revelou à esposa que Cássio havia confessado; e Desdêmona, certa de sua integridade, jurou que Cássio não poderia dizer uma única palavra sobre ela — e Otelo concordou, assegurando-lhe que a boca do rapaz nunca mais abriria.

Então Desdêmona caiu no choro. Apesar de todas as súplicas, o marido continuou a ofendê-la até lhe agarrar o delicado pescoço e causar um ferimento mortal.

Nesse meio-tempo, um mau presságio conduziu Emília até o quarto do casal, mas ela deu de cara com a porta e implorou que Otelo a deixasse entrar. Quando ele finalmente destrancou a porta, uma voz feminina ecoou da cama:

— Morro uma morte sem culpa.

— Quem fez isso com você?! — gritou Emília.

E a voz respondeu:

— Ninguém. Eu mesma fiz. Adeus!

— Fui eu quem a matei — disparou Otelo.

Às pessoas que entraram correndo naquela mórbida alcova, inclusive Iago, Otelo despejou todas as evidências da traição. Porém, assim que a história do lenço veio à tona, Emília confessou a verdade.

E Otelo soube tudo.

— Não há pedras que caiam dos céus como raios? Seu miserável! — vociferou o marido arrependido. Sem pestanejar, saiu correndo atrás de Iago, mas o patife já tinha matado Emília e fugido.

Por sorte, alguns guardas conseguiram trazê-lo de volta, e a morte o abraçou como um suspiro de alívio após tanta tortura.

Também teriam levado Otelo à Veneza, para ser julgado de maneira apropriada, se ele não tivesse encontrado refúgio na espada.

OTELO

— Permitam-me uma ou duas palavras enquanto ainda estão aqui — clamou aos venezianos presentes na alcova. — Falem de mim como fui de verdade. Nem melhor, nem pior. Digam que descartei a pérola mais preciosa e depois chorei com esses olhos grosseiros. Contem que, muitos anos atrás, em Alepo, vi um turco bater num veneziano, peguei o canalha pelo pescoço e acabei com ele.

Então, com as próprias mãos, apunhalou-se no coração. Antes do último suspiro, beijou o rosto de Desdêmona, num gesto de amor desolado.

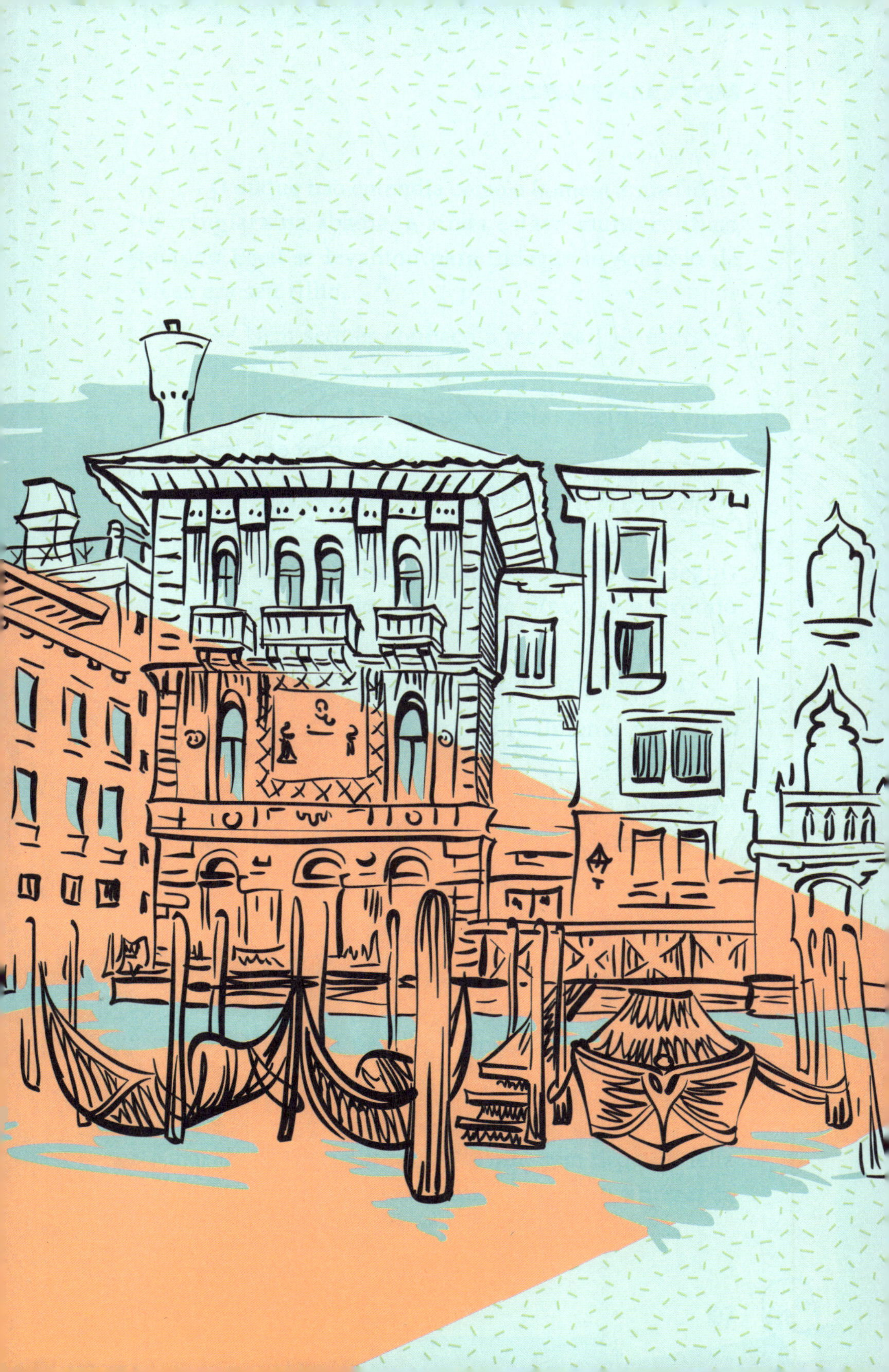

HAMLET

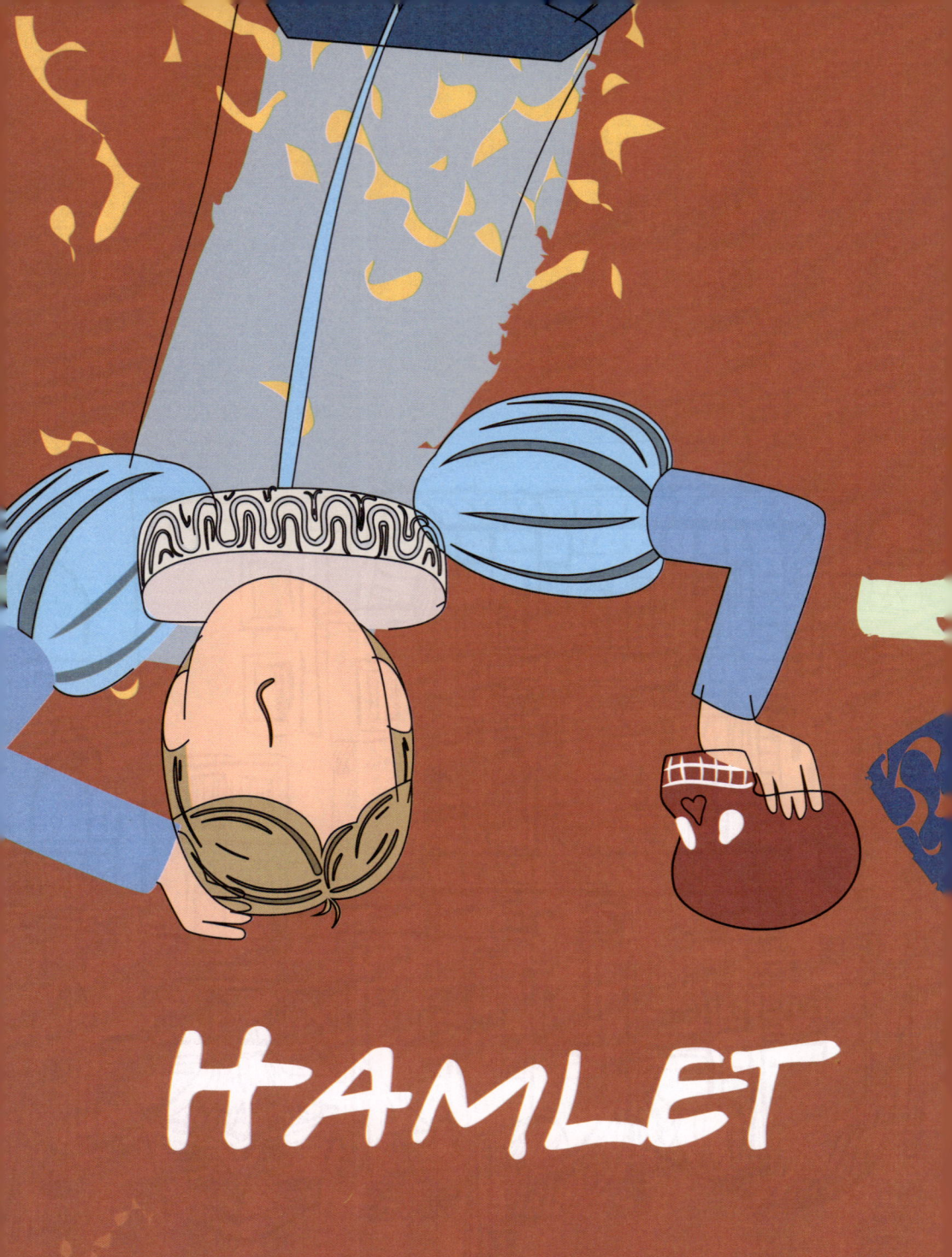

"Nada me resta além da sede por vingança."

Hamlet era filho único do rei da Dinamarca. Ele nutria um amor incondicional pelos pais e vivia feliz com o amor de sua donzela, a encantadora Ofélia, cujo pai, Polônio, era camareiro-mor do rei.

Hamlet estava na Alemanha, concluindo os estudos em Wittenberg, quando recebeu a notícia do falecimento do pai. O pobre rapaz, em profundo sofrimento, correu para casa assim que soube da picada de serpente que levara o rei à morte; e imagine seu imenso desgosto ao descobrir que a mãe, em menos de um mês, havia decidido se casar outra vez. O noivo? Bom, o noivo era irmão do falecido marido.

HAMLET

Naturalmente, Hamlet se recusou a interromper o luto para o casamento.

— Não é somente o preto dos meus trajes que revela a minha dor. Meu coração veste luto pela morte do meu pai. Pelo menos o filho ainda se lembra dele, ainda lamenta a sua partida — protestou.

Então Cláudio, irmão do rei e noivo da rainha, disse:

— Esse luto não faz sentido. É claro que você ainda sofre a perda do pai, mas...

— Ah — interrompeu Hamlet, com um olhar rígido — para mim é inconcebível esquecer um ente querido em menos de um mês.

O casal, por sua vez, apenas desistiu do rapaz e saiu para celebrar o casamento. Nem sequer lembraram do pobre rei, que sempre fora tão bondoso com os dois.

Ignorado pela própria mãe, Hamlet começou a refletir e se perguntar o que deveria fazer, pois se recusava a acreditar na história da picada de serpente. Parecia óbvio que Cláudio, aquele homem perverso, assassinara o rei para tomar a coroa e se casar com a rainha. No entanto, não poderia acusá-lo sem apresentar alguma prova.

Continuava imerso nos próprios pensamentos quando Horácio, seu colega de classe em Wittenberg, apareceu.

— O que o traz aqui? — perguntou Hamlet, após cumprimentar o amigo com bastante gentileza.

— Meu senhor, vim ao funeral do seu pai.

— Ora, já eu penso que veio para o casamento da minha mãe — retrucou Hamlet, num tom amargo. — Meu pai... Nunca mais o veremos outra vez!

— Meu senhor... Acredito ter visto o seu pai ontem à noite — respondeu Horácio.

Paralisado de espanto, Hamlet ouviu o colega descrever como ele, e outros dois cavalheiros da guarda, vira o fantasma do rei no topo das muralhas do castelo. De certo modo, o relato se mostrou verdadeiro, porque mais tarde Hamlet também reconheceu o rei no alto das muralhas, sob o gélido luar da meia-noite, com a velha armadura que costumava usar.

Corajoso como era, o jovem príncipe não fugiu. Pelo contrário, tentou falar com o fantasma, que retribuiu com um aceno e o guiou até um lugar mais afastado, onde enfim confirmou todas as suas suspeitas. Cláudio, aquele homem maligno, de fato havia matado o bondoso irmão — numa tarde tranquila, aproveitara que o rei dormia no pomar para se aproximar dele e lhe pingar algumas gotas de veneno nos ouvidos.

— Você, meu filho, deve vingar esse terrível assassinato e punir meu malévolo irmão — ordenou o fantasma. — Mas não faça nada contra a rainha. Ela foi o meu grande amor e sempre será sua mãe. Não se esqueça de mim.

Ao notar que a manhã se aproximava, o fantasma enfim desapareceu.

— Nada me resta além da sede por vingança — concluiu Hamlet. — Não me esquecer do senhor? Ora, eu só consigo pensar no meu velho pai. Que se danem os livros, os prazeres, a juventude... suas ordens guiarão meus pensamentos!

Quando as muralhas já estavam acinzentadas sob o brilho do amanhecer, os amigos conseguiram encontrá-lo, e Hamlet os fez jurar que manteriam segredo sobre o espectro.

De volta ao castelo, pôs-se a pensar na melhor maneira de vingar o assassinato do rei. No entanto, Hamlet sabia que o choque de ver e ouvir o fantasma do próprio pai quase o levara à loucura, e temia que o tio notasse algo de estranho, então passou a associar seu desequilíbrio mental a outros motivos, pois assim conseguiria disfarçar a sede por vingança.

Ao encontrar Ofélia, a donzela que o amava, e a quem ele dera presentes, cartas e infinitas promessas de amor, Hamlet agiu de modo tão descontrolado que, para ela, a única explicação seria a loucura. Ofélia o amava tanto que não conseguia acreditar em tamanha crueldade — a não ser que o amado tivesse enlouquecido. E foi isso que ela disse ao pai, antes de lhe mostrar uma carta de Hamlet. Além das tolices de jovem apaixonado, o príncipe escrevera à moça este belo poema:

"Duvide que a lua seja imensa,
Duvide que a verdade sempre compensa,
Duvide que o sol seja ardente,
Mas, do meu amor, não seja descrente".

Por fim, isso bastou para que todos associassem o amor à loucura de Hamlet.

E como estava triste o pobre Hamlet! Não via a hora de fazer a vontade do falecido, mas era gentil e bondoso demais para conseguir matar uma pessoa — mesmo que fosse o assassino do próprio pai. Às vezes, até se perguntava se, no fim das contas, o fantasma realmente havia falado a verdade.

Nesse período de incertezas, alguns atores apareceram no castelo, e Hamlet ordenou que apresentassem determinada peça ao rei e à rainha. Veja, a peça retratava a história de um homem que fora assassinado no próprio jardim por um parente próximo, que acabou se casando com a viúva da vítima pouco tempo depois.

Imagine só como o rei maligno se sentiu naquele momento, com a rainha ao lado do trono e toda a corte em volta, assistindo à encenação exata da maldade que fizera. Finalmente, assim que o ator da peça fingiu pingar veneno no ouvido do homem adormecido, Cláudio se levantou num pulo e saiu cambaleando, escoltado pela rainha e alguns servos.

Diante disso, Hamlet disse aos amigos:

— Agora tenho certeza de que o fantasma não mentiu. Se Cláudio não tivesse cometido o assassinato, não teria razão para ficar tão aflito ao vê-lo no palco.

A pedido do rei, a rainha mandou um servo chamar Hamlet, para que ela pudesse repreendê-lo pela péssima conduta, especialmente durante a peça. Além disso, Cláudio ordenou a Polônio que se escondesse atrás das cortinas do quarto da rainha, pois pretendia descobrir exatamente tudo o que acontecera. Durante a conversa, a rainha começou a ficar assustada com o comportamento estranho e agressivo de Hamlet, até que acabou gritando por ajuda — e Polônio, detrás da cortina, gritou junto. É claro que Hamlet ouviu o urro grave do homem e, certo de que era Cláudio ali escondido, atravessou a espada na cortina. E matou — não o rei, e sim o pobre Polônio.

Por um infeliz acaso, Hamlet não apenas ofendera o tio e a mãe, como também assassinara o pai de sua amada.

— Ah! Que atitude precipitada e maldita! — esbravejou a rainha.

Hamlet retrucou, repleto de amargura:

— Quase tão ruim quanto matar o próprio irmão e se casar com a viúva.

Então, o rapaz foi sincero com a mãe. Revelou-lhe tudo o que sabia, inclusive a certeza do assassinato, e implorou que não falasse mais com Cláudio, tampouco tivesse compaixão pelo homem que havia tirado a vida do rei bondoso. Enquanto ainda falava, o fantasma do rei apareceu para Hamlet, embora a rainha não conseguisse vê-lo, e só desapareceu quando os dois saíram do quarto.

Mais tarde, a rainha informou Cláudio sobre os últimos acontecimentos e a morte de Polônio, e o novo rei disse:

— Isso é uma prova concreta da loucura de Hamlet. Para a sua própria segurança, tendo em vista que matou o chanceler, devemos dar continuidade ao plano e mandá-lo para a Inglaterra.

Assim, Hamlet viajou a contragosto, sob a guarda de dois cortesãos que também levavam algumas cartas endereçadas ao rei da Inglaterra, cujo conteúdo solicitava a morte do jovem príncipe. Por sorte, Hamlet foi mais esperto e teve a brilhante ideia de adulterar as cartas, substituindo o próprio nome pelo de dois homens que estavam prestes a traí-lo. Assim, quando a nobre embarcação partiu para a Inglaterra e o príncipe fugiu a bordo de um navio pirata, a dupla pouco se importou, deixando Hamlet à mercê do destino e seguindo rumo à própria sina.

Enquanto o rapaz fugitivo se apressava para casa, uma tragédia acontecia. A pobre Ofélia, diante da perda do pai e do namorado, perdera também o juízo. Perambulava enlouquecida pelo castelo, com palha, grama e flores no cabelo, cantando trechos de músicas bizarras e tagarelando tolices românticas, sem qualquer sentido. E assim os dias passaram, até que Ofélia se dirigiu a um riacho cercado de árvores centenárias, tentou pendurar uma grinalda florida no alto de um salgueiro e despencou na água. Em meios às flores, Ofélia morreu.

Embora a encenação de loucura o tivesse obrigado a esconder seus sentimentos, Hamlet ainda amava Ofélia de todo o coração e só chegou ao castelo a tempo do funeral. Lá estavam o rei, a rainha e toda a corte reunida, chorando a morte de sua amada donzela.

Laerte, irmão de Ofélia, também chegara ao castelo. O rapaz buscava justiça pela morte do pai, o velho Polônio, mas acabou se deparando com outra morte e, tomado pelo desespero do luto, entrou no túmulo da irmã para abraçá-la uma última vez.

HAMLET

— Eu a amava mais do que quarenta mil irmãos poderiam amá-la! — gritou Hamlet, também saltando para dentro do túmulo. E sobre a esquife de Ofélia, os dois lutaram até serem separados.

Passado um tempo, Hamlet implorou a Laerte que o perdoasse:

— Não conseguiria suportar que alguém, até mesmo um irmão de sangue, aparentasse amá-la mais do que eu.

Apesar do pedido de reconciliação, Cláudio não permitiria que os dois se tornassem amigos, então tratou de contar a Laerte que Hamlet havia assassinado o velho Polônio. Assim, unidos pelo mesmo objetivo, os dois armaram uma cilada para Hamlet.

Como parte do plano, Laerte o desafiou para um duelo de esgrima, e toda a corte estaria presente. Chegado o dia, Hamlet se apresentou com o florete de esgrima, sem ponta ou fio, enquanto Laerte apareceu com uma espada de guerra, afiada e envenenada. Além disso, Cláudio havia preparado uma jarra de vinho envenenado, que ofereceria a Hamlet quando ele sentisse calor e pedisse algo para beber durante o duelo.

A disputa enfim começou e, depois de alguns golpes, Laerte feriu o oponente com a espada afiada. Ao se dar conta da traição, Hamlet deixou de brincar de esgrima para lutar como homem e partiu para cima de Laerte. Nesse instante, as espadas de ambos caíram ao chão, e Hamlet pegou a espada do adversário por engano. Num único golpe, perfurou o coração de Laerte, que caiu morto pela própria armadilha.

Alguns segundos depois, a rainha começou a berrar desesperada:

— O vinho! O vinho! Ah, meu querido Hamlet... Fui envenenada!

Sim, ela bebera o vinho da jarra que o marido havia preparado para Hamlet. E Cláudio, apesar de toda a maldade no coração, amava a esposa e padeceu ao vê-la morta por sua culpa.

Finalmente, após a morte da rainha, além de Ofélia, Polônio, Laerte e os dois cortesãos enviados à Inglaterra, Hamlet tomou coragem para obedecer às ordens do fantasma e vingar a morte do pai — o que já deveria ter acontecido muito tempo antes. Se não tivesse postergado tanto, a vida dessas pessoas teria sido poupada e ninguém teria sofrido; exceto o rei maligno, que até merecia morrer.

Por fim, valente o bastante para cumprir seu dever, Hamlet voltou a espada envenenada para o rei fajuto e bradou:

— Que o veneno desempenhe sua função!

E Cláudio caiu morto.

No fim das contas, Hamlet cumpriu a promessa que fizera ao pai e, tendo cumprido sua missão, também morreu. Todos os presentes no salão testemunharam a morte do jovem entre prantos e orações, pois era amado pelos amigos e venerado pelo povo.

Assim, a trágica história de Hamlet, o príncipe da Dinamarca, termina.

Sonho de uma Noite de Verão

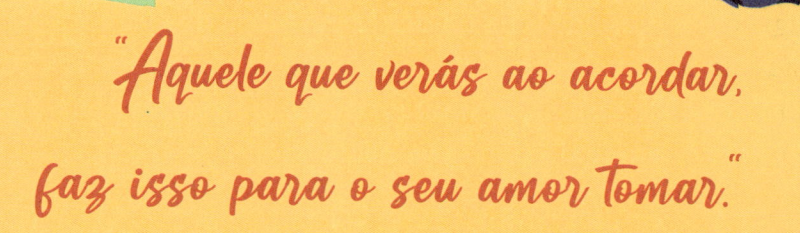

"Aquele que verás ao acordar, faz isso para o seu amor tomar."

    Hérmia era apaixonada por Lisandro, mas o pai queria que ela se casasse com outro pretendente, o jovem Demétrio.

    Acontece que, em Atenas, a cidade onde moravam, existia uma terrível lei que condenava à morte qualquer donzela que se recusasse a casar com o pretendente escolhido pelo pai. No caso de Hérmia, o pai já estava tão furioso com a desobediência que chegou ao ponto de apresentá-la ao duque de Atenas, para que fosse condenada se continuasse a ignorar suas ordens; e o duque concedeu o prazo de quatro dias à jovem, para que pudesse reconsiderar a escolha. Se, no fim desse prazo, insistisse em recusar Demétrio, Hérmia teria que morrer.

SONHO DE UMA NOITE DE VERÃO

Naturalmente, Lisandro estava prestes a enlouquecer de desespero. Para ele, a melhor saída seria Hérmia fugir para a casa de uma tia dele, bem longe do alcance daquela lei tenebrosa, onde poderiam se encontrar e finalmente se casar. Sem muitas opções, a moça aceitou o plano e, antes de partir, confidenciou o segredo a Helena, sua amiga.

Como Demétrio fora apaixonado por Helena muitos anos antes de o casamento com Hérmia sequer ter sido cogitado, a jovem agia feito uma tola — como toda pessoa ciumenta — e não enxergava que Hérmia não tinha culpa por ter sido escolhida. Assim, convencida de que Demétrio sairia correndo atrás de Hérmia se descobrisse a fuga para o bosque além de Atenas — para onde ela iria de fato — Helena teve a brilhante ideia de contar o segredo ao amado, e pensou: "Ora, pelo menos poderei segui-lo e passar um tempo com ele".

Por fim, dirigiu-se ao rapaz e revelou o segredo da amiga.

Esse tal bosque em que Lisandro encontraria Hérmia, e onde os outros dois iriam segui-los, era repleto de fadas — como a maioria dos bosques são, ainda que não tenhamos o poder de vê-las — e, bem naquela noite, o rei e a rainha das fadas, Oberon e Titânia, estavam presentes. Embora as fadas sejam seres bastante sábios, elas também podem ser tão tolas quanto os meros mortais. Veja Oberon e Titânia, os dois poderiam ter sido felizes para sempre, mas renunciaram à alegria por uma briga estúpida. Trocavam ofensas e provocações sempre que se encontravam; e as discussões às vezes eram tão pavorosas que as fadinhas da corte se esgueiravam com medo e se escondiam em casquinhas de noz.

Assim, em vez de priorizar a felicidade da corte e passar a noite dançando sob o luar, como as fadas costumam fazer, o rei perambulava com seus elfos por uma parte do bosque, enquanto a rainha se resguardava em outra. E a causa desse enorme conflito fora um rapazinho indiano que Titânia tomara como discípulo. Na verdade, o problema havia começado de fato quando Oberon, também interessado pelo menino, quisera torná-lo seu cavalheiro pessoal — mas a rainha não renunciara à criança.

Já na noite da fuga de Hérmia, o rei e a rainha das fadas se esbarraram numa clareira lamacenta.

— Que péssimo encontro ao luar, majestosa Titânia — zombou o rei.

— O quê!? Está com inveja, Oberon? — perguntou a rainha. — Você arruína tudo com essa sua disputa estúpida. Vamos, fadas! Deixem-no falando sozinho. Não sou mais nada para ele.

— O fim do nosso desentendimento está nas suas mãos — retrucou o rei. — Basta me entregar o rapazinho indiano, e voltarei a ser o companheiro humilde e servil de sempre.

— Tranquilize o seu espírito — respondeu a rainha. — Eu não troco aquele menino por nada. Nem por todo o seu reino! Vamos, fadas.

E o séquito de fadas acompanhou Titânia sob o clarão da lua.

SONHO DE UMA NOITE DE VERÃO

— Bom, siga o seu caminho — respondeu Oberon. — Mas não sairá deste bosque antes da minha vingança.

Então, Oberon chamou Puck, seu elfo preferido. Puck tinha o espírito de um diabrete e vivia fazendo travessuras. Ele entrava de fininho e roubava nata das fazendas leiteiras, escondia-se na batedeira para a manteiga não dar liga e azedava o barril de cerveja, induzia as pessoas a errar o caminho em noites sombrias e depois caçoava delas, tirava a cadeira quando iam se sentar e chacoalhava o caneco de cerveja quente quando iam entornar.

— Pois bem, traga-me um botão de amor-perfeito — ordenou Oberon ao pequeno elfo. — Quando aspergimos o sumo extraído daquela florzinha violeta nas pálpebras de uma pessoa adormecida, ela se apaixona pela primeira criatura que vislumbra ao acordar. Portanto, pingarei algumas gotas desse sumo nos olhos da minha Titânia, que morrerá de amores pelo que vir ao despertar, seja um leão ou um urso, um lobo ou um touro, um macaco xereta ou um gorila atrevido.

No mesmo instante em que Puck partiu, Demétrio passou pela clareira, seguido por Helena. A pobrezinha insistia em declarar seu amor, lembrando-lhe de todas as promessas que fizera; e ele insistia em negar, dizendo que não conseguia, tampouco poderia, amá-la. Enquanto isso, Oberon presenciava aquela cena humilhante sem ser visto. Foi impossível não sentir pena da pobre Helena, e esperou Puck retornar com a flor para ordenar que pingasse nos olhos de Demétrio o sumo do botão de amor-perfeito. Assim, quando abrisse os olhos, veria Helena e corresponderia ao seu amor.

Sem pestanejar, Puck perambulou pelo bosque até encontrar Lisandro, em vez de Demétrio, e lhe pingou nos olhos o extrato da flor. Ao acordar enfeitiçado, o pobre Lisandro não se deparou com Hérmia, sua amada, e sim com Helena, que vagava pelo bosque à procura de Demétrio. Portanto, sob o efeito daquela florzinha violeta, Lisandro se apaixonou por Helena e abandonou sua verdadeira amada no mesmo instante.

Mais tarde, Hérmia despertou e, tão logo notou o sumiço de Lisandro, pôs-se a vagar à procura do amado. Nesse meio-tempo, Puck voltou ao encontro de Oberon e lhe contou o que fizera; e é claro que o rei não demorou a perceber o engano do elfo, então se apressou para encontrar Demétrio e resolver aquela confusão.

Ao finalmente avistá-lo, Oberon se aproximou e pingou algumas gotas nos olhos do rapaz adormecido, mas a primeira criatura com que Demétrio se deparou ao despertar também foi Helena. E toda a história se inverteu. Demétrio e Lisandro passaram a seguir Helena pelo bosque, enquanto Hérmia corria atrás do amado, como a amiga fizera até então. No fim das contas, tudo acabou em briga, e as duas moças começaram a discutir ao mesmo tempo que Demétrio e Lisandro se afastaram para lutar.

Desolado pela péssima reviravolta do plano para ajudar Helena, Oberon ordenou a Puck:

— Os dois saíram para brigar. Cubra a noite com uma névoa densa e sombria, depois faça com que se percam no bosque, por caminhos tão afastados que nunca mais se encontrarão. Quando se cansarem e caírem num sono profundo, pingue nas pálpebras de Lisandro o óleo desta outra erva, que lhe trará a antiga vista e o primeiro amor. Desse modo, cada um ficará com a donzela que o ama, e os quatro lembrarão disso como um simples *sonho de uma noite de verão*. Basta seguir minhas ordens, e tudo terminará bem.

E Puck fez tudo certo, conforme o rei lhe pedira. Quando os dois jovens caíram no sono, bem distantes um do outro, ele pingou o sumo nos olhos de Lisandro e disse:

"A manhã chegará,
E logo verá
A doce ternura
Na bela figura
Da primeira amada,
Que será namorada
Quando o sumo perfeito
Fizer seu efeito."

Enquanto isso, do outro lado do bosque, Oberon encontrou Titânia adormecida numa grota, em meio a ramos de tomilho e flores de primavera, brotos de violetas, madressilvas e azaleias. A rainha das fadas costumava dormir naquele cantinho, envolta numa pele de cobra lustrosa. Oberon enfim se aproximou e aspergiu o sumo nos olhos de Titânia, declamando:

"Aquele que verás ao acordar
Faz isso para o seu amor tomar."

No entanto, a primeira criatura que Titânia viu ao despertar foi um palhaço estúpido, membro de um grupo de atores que ensaiava no bosque. Este mesmo ator já tivera uma infeliz experiência com Puck, o elfo endiabrado, que fixara uma cabeça de asno em sua cabeça humana, como se tivesse nascido com aquilo.

E Titânia, assim que vislumbrou o monstro tenebroso, disse sem rodeios:

— Quem é esse anjo encantador? Será que você é tão sábio quanto é belo?

— Se eu for sábio o suficiente para conseguir sair deste bosque, já me basta — respondeu o tolo palhaço.

— Não queira partir! — exclamou Titânia. Sob o efeito do sumo do amor, o palhaço lhe parecia a criatura mais formosa e graciosa do mundo.

— Aqui você tem todo o meu amor — prosseguiu Titânia — e ainda terá fadas para servi-lo!

Dito isso, chamou quatro fadas: Flor-de-ervilha, Teia-de-aranha, Mariposinha e Grão-de-mostarda.

— A partir de agora, vocês servirão a este cavalheiro. Alimentem-no com damasco e amora, uvas roxas e figos verdes, morangos maduros e cerejas frescas. Roubem um favo de mel das abelhas e, com as asas de uma borboleta cintilante, protejam-lhe os olhos contra os raios da lua.

— Sim, senhora — disse uma das fadas.

E as outras três repetiram:

— Sim, senhora.

— Bom, agora sente-se aqui comigo, meu querido — disse a rainha ao palhaço. — Deixe-me afagar essas

SONHO DE UMA NOITE DE VERÃO

bochechas peludas, beijar essa enorme orelha macia. Ah, ficará ainda mais lindo com algumas rosas lhe coroando a cabeça.

— Onde está a Flor-de-ervilha? — perguntou-lhe o palhaço com cabeça de asno. Ele não ligava muito para o afeto da rainha, mas adorava ter fadas à sua disposição.

— Aqui estou! — respondeu a fadinha.

— Coce-me a cabeça, Flor-de-ervilha — ordenou. — Onde está a Teia-de-aranha?

— Aqui, senhor! — respondeu a segunda fadinha.

— Mate-me — ordenou o palhaço — uma abelha vermelha na flor daquele cardo, depois traga-me o favo de mel da colmeia. E onde está o Grão-de-mostarda?

— Bem aqui! — respondeu o pequeno elfo.

— Ah, não quero nada demais. Basta ajudar a Teia-de-aranha a me coçar — pediu o tolo. — Eu preciso é de um barbeiro... Sinto que os pelos do rosto estão gigantescos.

— Meu querido, você gostaria de comer alguma coisa? — perguntou-lhe a rainha.

— Eu aceito um pouco de aveia seca — respondeu a cabeça de asno, com apetite de asno. — Um pouco de feno também seria ótimo.

— Se quiser, posso mandar uma fada pegar nozes frescas na toca do esquilo — sugeriu a rainha.

— Ah, prefiro um ou dois punhados de ervilhas secas. Mas, por favor, não deixe que ninguém da sua gente me perturbe. Pretendo dormir um bocado.

E a rainha respondeu:

— Venha cá, embalarei você nos braços.

Quando Oberon enfim apareceu, sua bela rainha cobria de beijos e abraços um palhaço com cabeça de asno.

Antes de quebrar o feitiço do amor-perfeito, o rei convenceu Titânia a lhe entregar o rapazinho indiano que tanto desejara como guarda e, com pena da amada, pingou algumas gotas do sumo desencantador nos olhos dela. Em questão de segundos, Titânia recuperou a razão e percebeu que estivera apaixonada por um palhaço com cabeça de asno. Pobre rainha, sentiu-se uma grande tola!

Como Oberon também se compadecera do palhaço enfeitiçado, tirou-lhe a aparência de asno e deixou que dormisse um pouco mais, com a cabeça humana apoiada nos ramos de tomilho e violetas.

Finalmente, tudo havia entrado nos eixos. Oberon e Titânia estavam mais apaixonados do que nunca. Demétrio só tinha olhos para Helena, e Helena nunca pensara em outro homem senão Demétrio. Hérmia e Lisandro formaram um casal tão adorável que dificilmente se encontraria outro igual, nem mesmo num bosque repleto de fadas.

Assim, os quatro jovens fatalmente apaixonados retornaram a Atenas e se casaram, enquanto o rei e a rainha das fadas passaram a viver em harmonia, juntos e felizes naquele mesmo bosque, naquele mesmo dia.

A COMÉDIA DOS ERROS

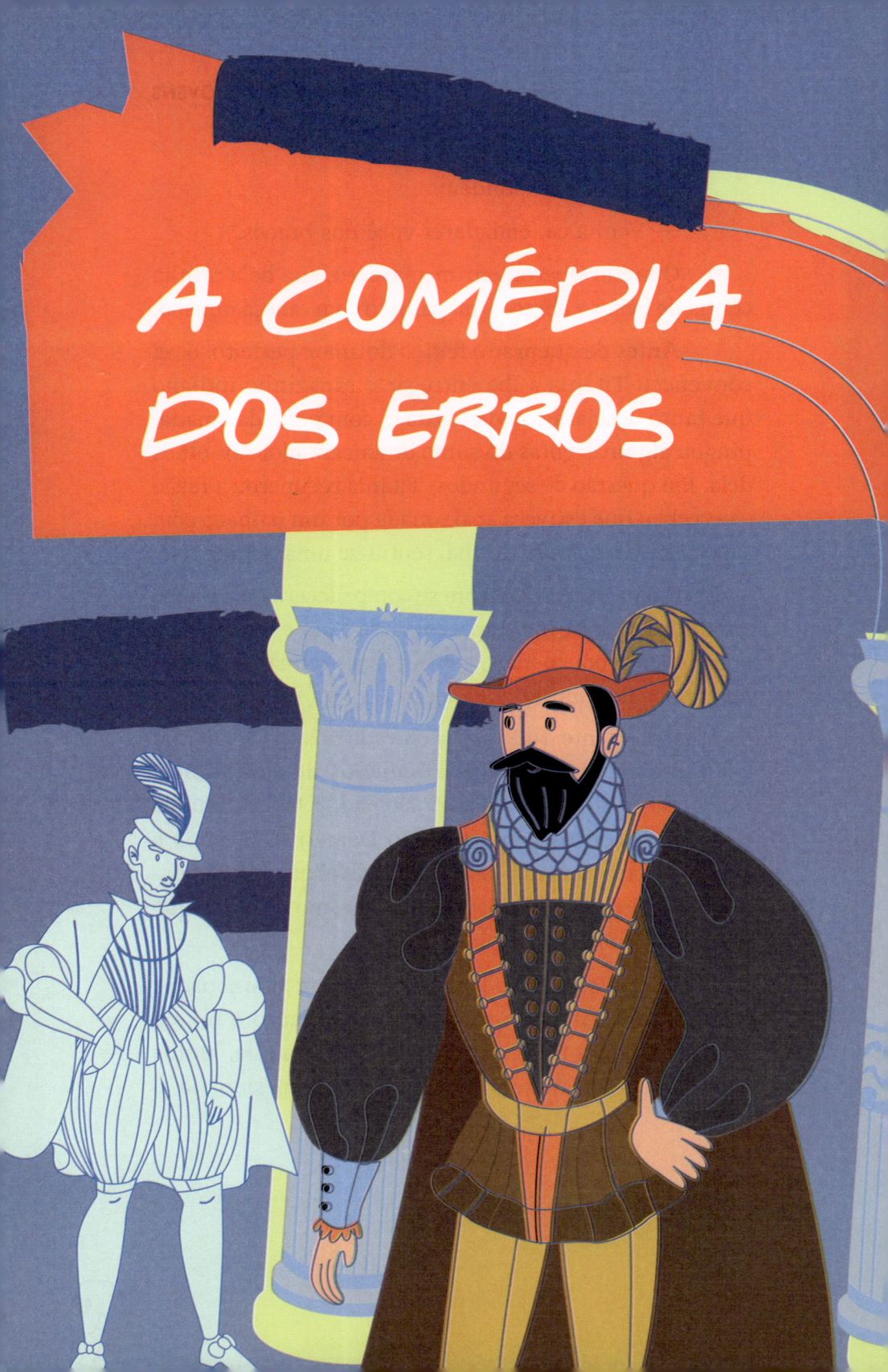

> *"Lembro que nenhuma palavra era amorosa a menos que eu a dissesse."*

Egeu trabalhava como mercador em Siracusa, importante cidade portuária da Sicília. Levava uma vida feliz ao lado da esposa, Emília, até o dia em que foi obrigado a se mudar sozinho para Epidamno, no mar Adriático, em virtude da morte do patrão. Assim que pôde, Emília foi morar com Egeu na nova cidade e, pouco tempo depois, deus à luz dois meninos. Os bebês eram exatamente iguais e, mesmo que os vestissem com roupas totalmente diferentes, pareciam a mesma criança.

E, acredite se quiser, algo muito estranho aconteceu. Na mesma hospedaria em que os irmãos nasceram, outros dois meninos idênticos vieram ao mundo no mesmo dia, para um casal ainda mais pobre que Emília e Egeu. Na verdade, os pais destes gêmeos eram tão pobres que venderam os bebês como escravos aos pais dos outros gêmeos.

A COMÉDIA DOS ERROS

Como Emília não via a hora de apresentar os filhos aos amigos de Siracusa, partiu com Egeu e os quatro meninos debaixo de uma tempestade traiçoeira, rumo à Sicília. Infelizmente, ainda estavam longe do destino quando o navio começou a inundar, e toda a tripulação zarpou na única baleeira disponível, sem dar a mínima para a segurança dos passageiros.

Largada à própria sorte, Emília atou um dos filhos a um mastro e amarrou no menino uma das crianças compradas, enquanto Egeu fez o mesmo com os outros dois. Por fim, os pais seguraram firme nos mastros e torceram para que todos saíssem vivos.

Mas, num piscar de olhos, o navio colidiu com uma pedra e se partiu em dois. Emília, ainda abraçada às duas crianças, flutuou para longe de Egeu e os outros meninos. Por sorte, alguns moradores de Epidamno salvaram a moça e seus protegidos; a felicidade de Emília durou pouco, porém, e terríveis pescadores de Corinto lhe tomaram os bebês à força. Em profundo sofrimento, ela decidiu retornar sozinha a Epidamno e, após vãs tentativas de encontrar o marido ou as crianças, emigrou para Éfeso, uma importante cidade da Ásia Menor.

Egeu e seus protegidos também foram salvos, mas tiveram mais sorte do que Emília e conseguiram retornar a Siracusa, onde as crianças viveram até os dezoito anos. Egeu chamava o próprio filho de Antífolo e a criança escravizada de Drômio. Por mais estranho que pareça, estes eram os nomes das outras duas crianças das quais ele havia se separado.

Ao completar dezoito anos, o filho criado pelo pai começou a ser atormentado pelo desejo de encontrar o gêmeo perdido, então Egeu permitiu que saísse à procura do irmão, com a condição de que fosse acompanhado por Drômio, seu servo. A partir disso, os dois rapazes passaram a ser conhecidos como Antífolo de Siracusa e Drômio de Siracusa.

Em completa solidão, Egeu não suportou a melancolia da própria casa e saiu pelo mundo, numa jornada de cinco anos. Durante esse longo período, não teve acesso a todas as notícias de Siracusa — caso contrário, jamais teria ido a Éfeso.

Mal sabia ele que suas andanças melancólicas terminariam naquela cidade, onde foi preso quase no mesmo instante em que chegou. Egeu descobriu tarde demais que o duque de Siracusa fora tão agressivo com alguns efésios, pobres azarados que caíram em suas mãos, que o governo de Éfeso reagira à altura, aprovando uma lei que condenava à morte qualquer siracusano que pisasse no território de Éfeso — a menos que pagasse uma fiança de mil libras. Em vista dessa lei rigorosa, Egeu foi apresentado a Solino, duque de Éfeso, e obrigado a decidir entre a fiança ou a morte até o fim do dia.

E você, caro leitor, certamente atribuirá ao destino a seguinte coincidência: os dois meninos sequestrados pelos pescadores de Corinto haviam se tornado cidadãos de Éfeso, para onde o duque Menafon, tio de Solino, levara-os ainda crianças. Em razão da igualdade dos nomes, passaremos a chamá-los de Antífolo de Éfeso e Drômio de Éfeso.

A COMÉDIA DOS ERROS

Além de toda a coincidência, Antífolo de Siracusa chegara a Éfeso no mesmo dia que Egeu, fingindo ser morador de Epidamno para evitar qualquer punição, e entregara sua maleta de dinheiro ao servo, Drômio de Siracusa, com ordens de que a deixasse na hospedaria do Centauro até que retornasse. Em menos de dez minutos, Antífolo de Siracusa esbarrou com Drômio de Éfeso no armazém da cidade e imediatamente o confundiu com seu próprio Drômio.

— Por que você já voltou? Cadê o dinheiro? — perguntou Antífolo de Siracusa.

Esse Drômio não sabia de dinheiro algum, exceto os seis centavos de libras que recebera na quarta-feira anterior e dera ao seleiro como pagamento. O que Drômio de Éfeso de fato sabia era que sua senhora estava zangada com a demora do seu senhor para o jantar, então pediu que Antífolo de Siracusa corresse para uma casa chamada Fênix. Toda aquela conversa irritou o ouvinte, que teria batido no servo se ele não tivesse fugido. De volta à hospedaria do Centauro, Antífolo se certificou de que os bens haviam sido depositados pelo criado e saiu outra vez. Perambulando sem rumo por Éfeso, Antífolo de Siracusa notou que duas belas donzelas pareciam acenar para ele. Eram duas irmãs, Adriana e Luciana. Adriana era esposa de seu irmão, Antífolo de Éfeso, e estava certa de que o marido a trocara por outra mulher, pois Drômio de Éfeso lhe contara uma história muito suspeita.

— Sim, você pode até fingir que não me conhece — disse ao homem que, na verdade, era seu cunhado — mas eu me lembro de todas as vezes que nenhuma palavra era amorosa a menos que eu a dissesse, que nenhuma carne tinha sabor a menos que eu a temperasse.

— A senhora está falando comigo? — perguntou Antífolo de Siracusa, com rispidez. — Nem sequer a conheço.

— Poxa, irmão! — Luciana interrompeu. — Você sabe muito bem que ela mandou Drômio chamá-lo para o jantar.

E Adriana acrescentou:

— Venham logo, já fui feita de tola por tempo demais. Agora o meu marido desertor vai jantar comigo, assumir todas as pegadinhas bobas e ser perdoado.

As damas eram implacáveis, e Antífolo de Siracusa, cansado de contestá-las, seguiu-as à tal da Fênix, onde a refeição do "meio-dia" estava bem atrasada e à espera deles. Assim, enquanto os três finalmente jantavam, Antífolo de Éfeso apareceu do lado de fora e exigiu que abrissem a porta.

— Madalena, Brígida, Mariana, Cecília, Júlia, Joana! — gritou Drômio de Éfeso, com o nome de todas as queridas servas na ponta da língua.

De dentro, veio uma resposta.

— Tolo, burro de carga, fanfarrão, estúpido! — praguejou Drômio de Siracusa, sem saber que insultava o próprio irmão.

O senhor e o servo deram o sangue para tentar entrar, até um pé-de-cabra usaram para forçar a porta, mas nada adiantou. Por fim, desistiram e foram embora;

e Antífolo de Éfeso ficou tão furioso que decidiu dar a outra mulher a corrente de ouro que prometera à esposa.

Do lado de dentro da Fênix, Luciana ficou a sós com Antífolo de Siracusa, que tinha como marido da irmã, e declamou um poema para persuadi-lo a tratar Adriana com mais gentileza. O cunhado, por sua vez, declarou que estava solteiro e louco por ela; tão perdidamente apaixonado que, se Luciana fosse uma sereia, repousaria no fundo do oceano só para sentir seu cabelo dourado flutuar sobre ele.

Em choque, a moça se retirou e correu denunciar o galanteio; mas Adriana se limitou a dizer que o marido estava velho e feio demais para ser levado a sério — embora estivesse chateada e ainda o amasse em segredo.

Pouco tempo depois, Antífolo de Siracusa recebeu a visita de Ângelo, o ourives, de quem Antífolo de Éfeso havia comprado a corrente que prometera à esposa e daria a outra mulher. Ao lhe entregar a encomenda, o ourives tratou a recusa de Antífolo de Siracusa como uma simples brincadeira, de modo que Antífolo aceitou a corrente tão entusiasmado quanto estivera no jantar com Adriana. Confuso com tudo aquilo, o pobre até se ofereceu a pagar pela joia; mas Ângelo, muito tolo, respondeu que voltaria mais tarde para receber — e o resultado dessa tolice viria logo em seguida.

Por infortúnio, Ângelo estava sem dinheiro algum quando um mercador, do tipo que não tolera tolices, ameaçou denunciá-lo se não lhe pagasse imediatamente o que devia. Como se não bastasse, estava acompanhado por um oficial da polícia; porém Ângelo se tranquilizou ao ver Antífolo de Éfeso saindo da casa em que jantara — porque não conseguira comer na Fênix, sua própria casa. Porém, amarga foi a decepção de Ângelo com Antífolo, que logo negou o recebimento da corrente.

Veja bem, Ângelo teria mandado a própria mãe para a prisão se ela tivesse feito algo parecido, então não hesitou em denunciar Antífolo de Éfeso à polícia.

Nesse mesmo instante, Drômio de Siracusa apareceu, empolgado em avisar o patrão que seus bens já haviam sido despachados e o vento estava favorável para regressarem. Aos ouvidos do Antífolo errado, aquela conversa soou como um disparate; e teria adorado bater no serviçal, mas se contentou em ordenar que corresse até Adriana e a obrigasse a salvar o marido detido. Para isso, bastava pegar uma carteira que encontraria em cima da escrivaninha.

Por mais que Adriana estivesse furiosa, convencida de que Antífolo tivera um caso com a cunhada, não impediu Luciana de pegar a carteira e mandou Drômio de Siracusa retornar com Antífolo o mais rápido possível.

Infelizmente, antes de alcançar a delegacia, Drômio de Siracusa se deparou com seu verdadeiro senhor — que não entendeu por que o servo insistia em lhe entregar uma carteira. Antífolo de Siracusa ficou ainda mais desconcertado quando uma dama desconhecida o abordou na rua para indagar sobre uma suposta corrente que lhe prometera. Como pode imaginar, tratava-se da dama com quem Antífolo de Éfeso jantara na noite em que o irmão ocupara seu lugar na mesa.

— Fora, sua bruxa! — foi a resposta que, para a surpresa da mulher, Antífolo lhe deu.

Nesse meio-tempo, Antífolo de Éfeso esperava em vão o dinheiro que já deveria tê-lo libertado. Temperamental como era, ficou transtornado de raiva ao descobrir que Drômio de Éfeso — que, é claro, não fora instruído a buscar uma carteira — voltou à delegacia com nada mais útil do que uma corda. Sem se importar com o olhar de reprovação do policial, bateu no servo ali mesmo; e seu temperamento não melhorou quando Adriana e Luciana surgiram acompanhadas por um médico, com a suspeita de que Antífolo enlouquecera e precisava ser examinado. A isso, ele reagiu com tanta fúria que alguns homens se dispuseram a amarrá-lo; mas a gentileza da esposa o poupou dessa humilhação, pois se comprometera a pagar o valor exigido e pedira ao médico que fosse com o marido até a Fênix.

Estando todas as contas acertadas, Ângelo e o mercador retomaram a amizade, e poderiam ser vistos pouco tempo depois, na frente da abadia, cochichando sobre o comportamento estranho de Antífolo de Éfeso.

— Cuidado, acho que ele está bem ali — disse o mercador.

Não, não era ele. Era Antífolo de Siracusa, com a corrente de Ângelo no pescoço! Em segundos, a dupla reconciliada praticamente pulou em cima dele, indagando-lhe como negaria o recebimento da corrente que tinha a audácia de usar. E essa foi a gota d'água. Antífolo de Siracusa finalmente perdeu a cabeça e sacou a espada, mas Adriana e outras pessoas apareceram logo em seguida.

— Calma! — exclamou a esposa, com muito cuidado. — Não o machuquem, ele enlouqueceu. Tirem a espada dele... e podem amarrá-lo. Façam o mesmo com Drômio.

Mas Drômio de Siracusa se recusou e gritou:

— Corra, meu senhor, para dentro da abadia! Rápido ou seremos assaltados!

Assim, encontraram refúgio no edifício colossal.

Enquanto Adriana, Luciana e uma multidão permanecia do lado de fora, a abadessa saiu e questionou:

— Meu povo, por que vocês estão aqui reunidos?

— Para deter o meu pobre marido perturbado — respondeu Adriana.

E Ângelo e o mercador fizeram questão de enfatizar que desconheciam a loucura de Antífolo.

Mais tarde, Adriana acabou falando mais do que devia sobre suas preocupações de esposa, e a abadessa teve a impressão de que era uma mulher briguenta. Em razão disso, a senhora religiosa concluiu que, se Antífolo estava perturbado, seria melhor que Adriana se afastasse dele por um tempo.

Incrédula com o conselho, Adriana saiu decidida a prestar queixas ao duque Solino, mas eis que o grande homem apareceu no minuto seguinte! Entrava escoltado por alguns oficiais e seguido por dois sujeitos: Egeu e o algoz. Como Egeu não conseguira juntar os mil marcos, seu destino parecia determinado.

A COMÉDIA DOS ERROS

Antes que o duque pudesse alcançar o fim da abadia, Adriana se ajoelhou aos pés dele e lhe contou e a história deplorável de um marido enlouquecido, que correra com uma joia roubada e sacara a espada, além de uma abadessa que a impedira de levá-lo para casa. Assim, diante do relato desesperado, o duque estava prestes a intimar a abadessa para relatar sua versão dos fatos quando um serviçal da Fênix correu avisar Adriana que seu senhor queimara as pontas da barba do médico.

— Que disparate! — exclamou Adriana. — Ora, ele está aqui na abadia.

— Que eu morra se não for verdade! — respondeu o criado.

E Antífolo de Siracusa permanecia escondido na abadia quando o irmão gêmeo se prostrou ao duque e clamou:

— Oh, duque complacente! Faça justiça contra essa mulher! — apontou para Adriana. — Ela colocou outro homem em meu lugar... Debaixo do meu próprio teto!

Enquanto Antífolo de Éfeso discursava, Egeu sussurrou:

— Estou delirando ou vejo meu filho, Antífolo?

Como ninguém havia prestado atenção ao velho condenado, Antífolo continuou o relato sobre o médico, que chamava de "malabarista caquético". Dentre as diversas denúncias, acusou o doutor de fazer parte de uma gangue, que o amarrara a Drômio e os jogara numa vala, de onde só conseguiram escapar porque desataram as amarras com os dentes.

O duque não entendia como o homem à sua frente se refugiara na abadia, e ainda estava muito confuso quando Egeu se levantou para indagar se Antífolo de Éfeso era seu filho.

— Nem sequer conheço o meu pai! — esbravejou o rapaz.

E Egeu estava tão enganado pela semelhança entre os irmãos que respondeu:

— Sei que está envergonhado por me encontrar na miséria.

Por sorte, a abadessa apareceu logo em seguida, acompanhada de Antífolo de Siracusa e Drômio de Siracusa.

No instante em que os viu, Adriana berrou:

— Enlouqueci de vez ou realmente vejo dois maridos?!

Para completar aquele dia repleto de surpresas, a abadessa anunciou:

— Pagarei pela liberdade desse homem e reconquistarei meu marido desaparecido. Liberte-se, Egeu! Sou Emília, sua esposa!

Comovido pela cena, o duque declarou:

— Não será preciso. Concedo-lhe a liberdade, sem qualquer fiança.

Assim, Egeu e Emília se reencontraram, Adriana e o marido se reconciliaram; mas ninguém ficou tão feliz quanto Antífolo de Siracusa, que aproveitou a presença do duque para declarar seu amor por Luciana:

A COMÉDIA DOS ERROS

— Já disse e repito: meu coração é todo seu. Você aceita se casar comigo, Luciana?

Como a resposta veio por um olhar, não há qualquer registro escrito.

Quanto aos dois Drômio, ambos se alegraram com a esperança de não apanhar mais.

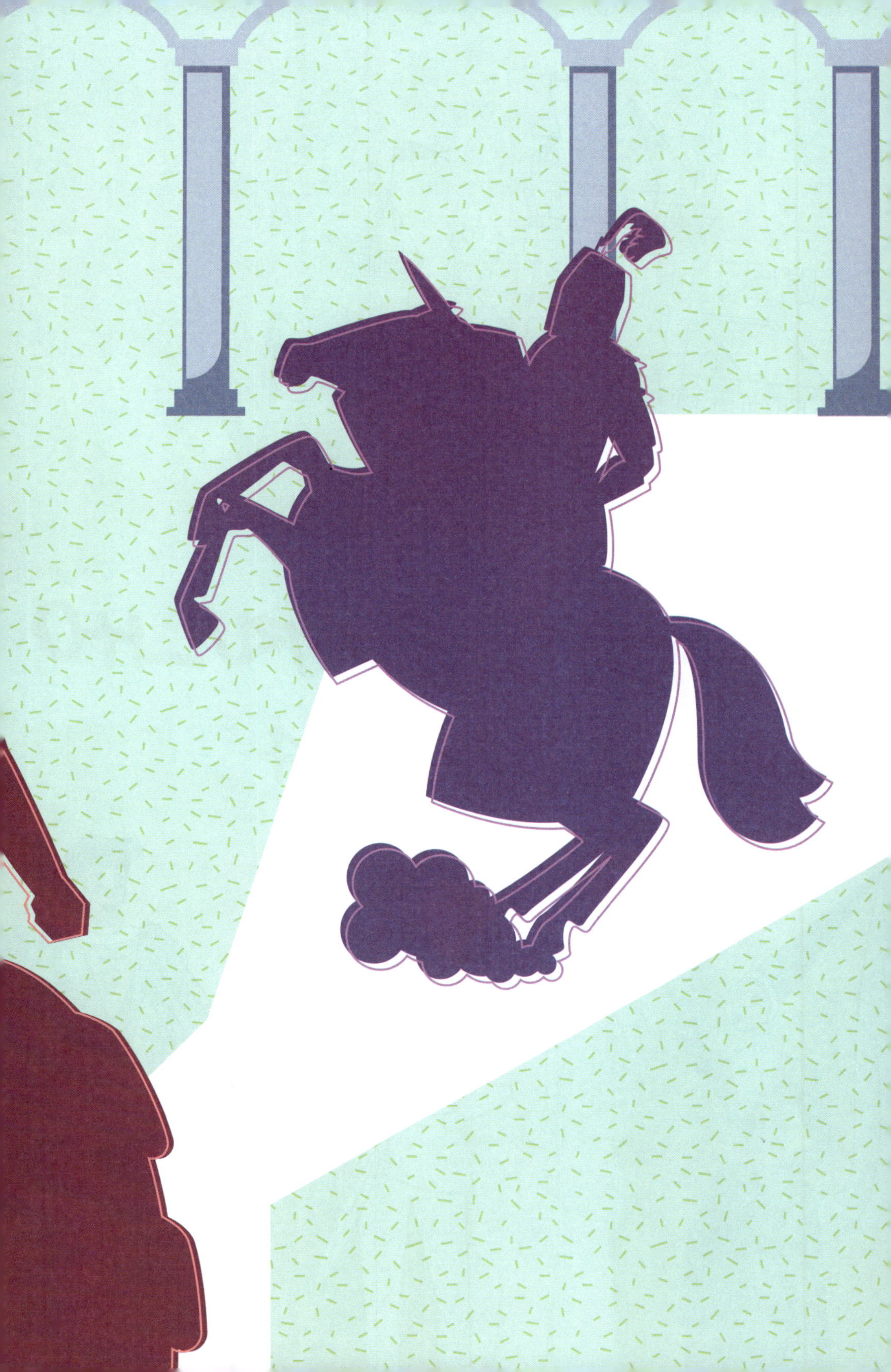

MUITO BARULHO POR NADA

"A vingança não é doce quando o inimigo nem chegou a causar danos."

Alguns séculos atrás, na região da Sicília, a cidade de Messina foi palco de uma grande tempestade em copo d'água

Tudo começou em um dia ensolarado. Dom Pedro, príncipe de Aragão, da Espanha, tivera uma vitória tão esmagadora sobre os inimigos que a própria terra de onde vieram cairia no esquecimento. Feliz e animado após o cansaço da guerra, o príncipe aproveitou o recesso para descansar em Messina, acompanhado de Dom João, seu irmão bastardo, e dois jovens fidalgos italianos, Benedito e Cláudio.

Benedito era um fausto tagarela, determinado a desfrutar os prazeres da vida de solteiro. Cláudio, por outro lado, apaixonou-se por Hero, filha de Leonato, governador de Messina, assim que pisou na cidade.

Certo dia de julho, num quartinho mofado da casa de Leonato, um perfumista chamado Borracho queimava lavanda desidratada quando um burburinho entrou pela janela escancarada.

— Seja sincero, o que você acha da Hero? — perguntou Cláudio, enquanto Borracho se acomodava para ouvir melhor.

— Pequena e escura demais para elogios — Benedito respondeu. — Mas, se mudar a cor e o peso dela, não sobra nada de bom.

— Aos meus olhos, Hero é a donzela mais doce do mundo — confessou Cláudio.

— Não vejo isso, e olha que nem preciso de óculos. Ela é o último dia de dezembro se comparada ao primeiro de maio que é a prima dela. Infelizmente, a senhorita Beatriz é uma fera — replicou Benedito

Beatriz era sobrinha de Leonato e se divertia fazendo piadas ou dizendo impropérios a respeito de Benedito, que a chamava de "Senhorita Desdém". Como ela mesma costumava dizer, nascera sob uma estrela dançante, por isso não poderia ser entediante.

Bom, Cláudio e Benedito ainda conversavam quando Dom Pedro se aproximou e disse num tom bem-humorado:

— Ora, cavalheiros, qual é o segredo?

— Só espero que vossa graça me autorize a contar — respondeu Benedito, com ironia.

— Pois bem, eu ordeno que prove sua lealdade e me conte tudo — respondeu Dom Pedro, entrando na brincadeira.

— Minha boca é um túmulo, mas vossa graça exige meu falatório —justificou-se para Cláudio, antes de se voltar a Dom Pedro e revelar:

— Cláudio está apaixonado por Hero, a filha miúda de Leonato.

E Dom Pedro se alegrou no mesmo instante, pois admirava Hero e tinha grande apreço por Cláudio. Pouco tempo depois, na ausência de Benedito, o príncipe disse a Cláudio:

— Mantenha-se fiel ao seu amor por Hero, e prometo ajudá-lo a conquistá-la. Hoje à noite, o pai dela dará um baile de máscaras, então posso me passar por você e declarar seu amor. Se a moça parecer feliz, basta encontrar Leonato e pedir que abençoe a união de vocês. — E Dom Pedro prosseguiu. — Sei que a maioria dos homens dispensa ajuda no cortejo, mas, se está apaixonado pela filha única do governador, é um privilégio dispor de um príncipe que interceda por você.

De fato, Cláudio era privilegiado nesse sentido; mas também era desafortunado, pois ganhara um inimigo disfarçado de amigo. Mal sabia que Dom João, irmão bastardo de Dom Pedro, sentia ciúmes porque o príncipe preferia Cláudio ao irmão.

E foi a Dom João que Borracho revelou a interessante conversa que entreouvira.

— Então me parece que esse baile de máscaras será bem divertido — disse Dom João, logo após a conclusão do relato.

Chegada a hora do baile, mascarado e fingindo ser Cláudio, Dom Pedro convidou Hero para um passeio no jardim. Com o consentimento da moça, os dois se afastaram da casa; e Dom João aproveitou para se dirigir ao verdadeiro Cláudio.

— Creio que seja... o senhor Benedito? — perguntou Dom João, com um blefe.

— Ele mesmo — mentiu Cláudio.

— Bom, sinto-me no dever de pedir que use sua influência sobre o meu irmão para livrá-lo do amor por Hero. Ela não está à altura dele.

— E como o senhor sabe que ele tem sentimentos por ela? — indagou Cláudio.

— Ora, pude ouvi-lo jurar amor pela moça — respondeu o irmão bastardo.

E Borracho entrou na conversa:

— Pois eu também ouvi.

Então, Cláudio foi deixado a sós, com a ideia de que o príncipe o traíra.

— Adeus, minha Hero — murmurou. — Como fui tolo em confiar num intermediário.

Nesse meio-tempo, Beatriz e Benedito mantinham uma discussão calorosa.

— Benedito já fez você rir alguma vez? — perguntou ao jovem mascarado.

— Quem é Benedito? — ele perguntou, com ironia.

— Ora, o bobo da corte de certo príncipe — respondeu Beatriz.

E ela agira de modo tão grosseiro que Benedito pensou mais tarde: "Eu não me casaria com ela nem se fosse herdeira do Jardim do Éden".

Contudo, o principal articulador do baile não se tratava de Beatriz, tampouco Benedito. Esse mérito cabia a Dom Pedro, que seguira o plano à risca e recuperou o brilho de Cláudio num segundo. Para isso, bastou conduzir Leonato e Hero ao amigo e dizer:

— Cláudio, quando você gostaria de subir ao altar?

— Amanhã! — respondeu de supetão. — O tempo se arrasta longe de Hero.

— Dê uma semana a ela, meu querido rapaz — respondeu Leonato.

E o coração de Cláudio acelerou de alegria.

— Bom, agora precisamos encontrar uma esposa para o senhor Benedito — prosseguiu o afetuoso Dom Pedro. — Certamente será uma tarefa hercúlea.

— Pode contar com a minha ajuda, mesmo que eu precise passar dez noites acordado — disse Leonato.

E Hero acrescentou:

— Meu senhor, farei de tudo para que Beatriz encontre um bom marido.

Assim, em meio a risos de alegria, o baile de máscara que dera a Cláudio uma lição gratuita terminou.

MUITO BARULHO POR NADA

Apesar da derrota de Dom João, Borracho conseguiu animar seu senhor ao lhe apresentar um plano no qual estava confiante. Em suma, o velho perfumista pretendia levar Cláudio e Dom Pedro a crer que Hero era uma garota instável, que ainda estava em cima do muro. E Dom João logo concordou com esse plano de ódio.

Em contrapartida, Dom Pedro arquitetava um engenhoso plano de amor.

— Quando sua sobrinha estiver perto o bastante para entreouvir nossa conversa, podemos fingir que Benedito lamenta e anseia o amor dela. Desse modo, Beatriz terá piedade do rapaz, reconhecerá suas qualidades e se apaixonará — disse a Leonato. — Depois disso, quando Benedito pensar que não notamos sua presença, podemos dizer o quão triste é ver Beatriz apaixonada por um zombeteiro sem coração como ele. Não tenho dúvidas de que estará ajoelhado aos pés dela em uma semana ou menos.

Assim, certo dia, Benedito lia um livro na casa de veraneio quando Cláudio se sentou na área externa e disse a Leonato:

— Sua filha me disse algo sobre uma carta que Beatriz escreveu.

— Carta!? — exclamou Leonato. — Ela se levanta umas vinte vezes durante a noite para escrever sabe-se Deus o quê. A Hero até conseguiu dar uma espiada e ver os nomes "Benedito e Beatriz", mas a menina logo rasgou a folha em pedacinhos.

— Pois é, a Hero também me disse que ouviu a senhorita Beatriz lamuriar "Ah, querido Benedito" — revelou Cláudio.

Como esperado, Benedito ficou extremamente comovido por aquela história improvável, na qual fora presunçoso o bastante para acreditar.

— Ela é bonita e bondosa — disse a si mesmo. — Não posso parecer orgulhoso. Eu sinto que a amo. As pessoas vão rir, é claro, mas suas balas de papel não me farão mal algum.

Nesse mesmo instante, Beatriz entrou na casa de veraneio e disse:

— Contra a minha vontade, venho avisá-lo que o jantar está pronto.

— Bela Beatriz, agradeço a gentileza — respondeu Benedito.

— O sacrifício de vir aqui foi tão grande quanto o seu esforço para me agradecer — replicou, com a intenção de dar um gelo nele.

Mas isso não bastou para petrificá-lo. Na verdade, Benedito ficou ainda mais animado, pois o sentido extraído da resposta grosseira foi de que Beatriz estava encantada em encontrá-lo.

Embora tivesse assumido a tarefa de derreter o coração de Beatriz, Hero não se deu ao trabalho de esperar uma boa ocasião e ordenou a Margaret, sua criada:

— Corra até o salão de entrada e diga a Beatriz que me viu com Úrsula no pomar, falando algo sobre ela.

MUITO BARULHO POR NADA

Ao fazer isso, Hero acreditava que Beatriz entreouviria exatamente o que estava destinado aos seus ouvidos, como se tivesse marcado um encontro com a prima.

No pomar da propriedade havia um caramanchão protegido do sol por madressilvas; e foi ali que Beatriz se escondeu alguns minutos depois de Margarete dar início ao plano.

— Mas você está segura de que Benedito ama Beatriz com tamanha devoção? — perguntou Úrsula, uma das criadas de Hero.

— Bom, foi isso que o meu noivo e o príncipe disseram — confirmou Hero. — E eles ainda queriam que eu contasse para ela, porém me recusei. Deixemos Benedito superar essa história.

— Ora, por que diz isso?

— Porque a arrogância de Beatriz é insuportável. Os olhos dela brilham ao desdenhar ou desprezar alguém. Além disso, é convencida demais para amar, e eu detestaria que brincasse com os sentimentos do pobre Benedito. Seria menos ruim vê-lo consumido como restos de brasa.

— Eu discordo — respondeu Úrsula. — Acho que a sua prima é esperta demais para não enxergar os méritos de Benedito.

— Não há homem como ele na Itália! — exclamou Hero — Com exceção de Cláudio, é claro.

Por fim, as tagarelas se retiraram do pomar, e Beatriz saiu emotiva e empolgada da casa de veraneio, pensando: "Pobre e querido Benedito, seja sincero comigo, e seu amor domará este coração furioso".

Agora, retornemos ao plano de ódio.

Na noite anterior ao dia do casamento, Dom João entrou no quarto em que Dom Pedro conversava com Cláudio e perguntou se o noivo realmente pretendia se casar no dia seguinte.

— Você sabe que ele irá! — respondeu Dom Pedro.

— Ora, talvez o rapaz mude de ideia ao ver o que tenho para mostrar. Basta me seguir — retrucou Dom João.

E os dois seguiram-no até o jardim. De repente, avistaram uma donzela debruçada na janela de Hero, e parecia flertar com Borracho.

Como era de se esperar, Cláudio pensou ter visto Hero e esbravejou:

— Amanhã ela se envergonhará disso!

Dom Pedro também caiu na armadilha, embora a moça na janela fosse Margarete.

Assim que a dupla de amigos saiu do jardim, Dom João soltou uma risadinha discreta e entregou ao cúmplice uma maleta com mil ducados. Era tanto dinheiro e Borracho ficara tão radiante que, enquanto caminhava pela cidade ao lado de Conrado, gabava-se da riqueza e do benfeitor, detalhando ao amigo exatamente o que fizera.

O perfumista, entretanto, não imaginou que um guarda ouvia a conversa e concluiria que um homem recompensado com mil ducados, somente por sua maldade, deveria ser punido. Em razão disso, o oficial não

MUITO BARULHO POR NADA

hesitou em prender Borracho e Conrado, que passaram o resto da noite na prisão.

No dia seguinte, metade dos aristocratas de Messina já estava na igreja antes do meio-dia. Hero ainda pensava que iria se casar, e lá estava ela com seu vestido de noiva, sem uma única nuvem de preocupação no semblante angelical ou nos olhos francos e cintilantes.

Já no altar, o frei Francisco, sacerdote celebrante, voltou-se a Cláudio e indagou:

— Meu senhor, aceita casar com essa donzela?

— Não! — refutou Cláudio.

No mesmo instante, Leonato pensou que o rapaz implicava com a gramática e interveio:

— Frei, o senhor deveria dizer "aceita se casar".

Então o frei Franciso se virou para Hero e perguntou:

— Minha senhora, aceita se casar com esse conde?

— Sim — respondeu a moça.

— Se alguém tiver algo contra este casamento, peço que diga agora — declarou o padre.

— Você tem algo, Hero? — perguntou Cláudio.

— De modo algum — respondeu prontamente.

— Por acaso o senhor teria algum impedimento? — o frei perguntou ao conde.

— Ora, me atrevo a responder por ele: certamente não — Leonato disparou.

E Cláudio finalmente vociferou:

— Ah! E o que nenhum homem se atreve a dizer!? Pai, é de livre vontade que me concede a sua filha?

— Mas é claro — respondeu Leonato — assim como Deus a entregou para mim.

— E o que posso lhe dar em troca? O que está à altura desse presente?

— Nada, a não ser que devolva o presente ao pai — respondeu Dom Pedro no lugar de Leonato.

— Caro príncipe, agradeço a explicação — respondeu com ironia.

— Aqui está, Leonato, pegue seu presente de volta.

Essas palavras brutais abriram caminho para muitas outras, que irromperam da boca de Cláudio, Dom Pedro e Dom João.

A igreja deixou de parecer um lugar sagrado.

Hero tentou argumentar enquanto pôde, mas acabou desfalecendo. Em seguida, todos os acusadores deixaram a igreja, exceto o pai, que, enganado pelas denúncias contra a filha, gritou:

— Afastem-se dela! Deixem que morra!

Por sorte, o frei Franciso sondou as profundezas da alma da moça com seus olhos santos e enxergou inocência na pobre Hero.

— Ela é inocente! — exclamou. — Centenas de sinais me dizem isso.

E Hero foi reanimada pelo olhar bondoso do sacerdote.

MUITO BARULHO POR NADA

Como o pai ainda estava agitado e furioso, não sabia ao certo o que pensar, o frei sugeriu:

— Todos a deixaram, como se estivesse morta de vergonha. Sendo assim, finjamos que Hero está morta, até que a verdade venha à tona e a calúnia se transforme em remorso.

— O frei tem razão — concordou Benedito.

Então, Hero foi conduzida a um esconderijo, e Beatriz ficou a sós com Benedito na igreja. Ele sabia que Beatriz choramingava de mágoa havia um tempo.

— Não tenho dúvidas de que sua querida prima foi injustiçada — disse.

E ela continuou chorando.

— Não é estranho que eu não sinta amor por nada neste mundo como sinto por você? — perguntou Benedito, gentilmente.

— Eu poderia dizer o mesmo, mas prefiro me conter — respondeu Beatriz. — Ainda lamento por minha prima.

— Diga-me como posso ajudá-la — ele perguntou.

— Mate Cláudio — respondeu, sem hesitar.

— Ah! Por nada neste mundo.

— Sua recusa me mortifica — Beatriz se queixou. — Adeus.

— Basta! Irei desafiá-lo — bradou Benedito.

Enquanto tudo isso acontecia, Borracho e Conrado permaneciam na prisão, onde foram interrogados por um agente chamado Dogberry. O guarda já havia testemunhado contra Borracho, com a acusação de que o réu recebera mil ducados por conspirar contra Hero.

É claro que Leonato não estava presente nesse interrogatório, mas tinha total convicção da inocência da filha e fez o papel de pai enlutado com maestria. Assim, quando Dom Pedro e Cláudio puxaram assunto num tom amigável, Leonato respondeu:

— Vocês difamaram minha filha até a morte. Desafio os dois a um combate.

— Eu me recuso a lutar contra um velho — disse Cláudio.

— Ora, você seria capaz de matar até uma donzela — respondeu Leonato, sorrindo com desdém. E Cláudio enrubesceu.

Palavras acaloradas atraíam insultos acalorados, e os dois quase ferviam de raiva quando Leonato se retirou do salão e Benedito entrou.

— Esse velho estava prestes a me arrancar o nariz — comentou Cláudio.

— Você é desprezível! — Benedito disparou, ríspido. — Duele comigo quando quiser, com a arma que preferir, ou serei obrigado a chamá-lo de covarde.

Cláudio ficou atônito, mas concordou:

— Irei ao seu encontro. Ninguém pode dizer que não sei trinchar a cabeça de um bezerro.

Benedito sorriu.

Como estava na hora de Dom Pedro receber alguns oficiais, o príncipe se sentou no trono real e se preparou para fazer justiça. Logo em seguida, a porta se abriu para Dogberry e seus prisioneiros.

— Por quais crimes esses homens foram acusados? — perguntou Dom Pedro.

Borracho considerou o momento propício para confessar. Sem pensar duas vezes, colocou a culpa em Dom João, que estava desaparecido.

— Perante a morte da senhorita Beatriz, não desejo nada além da punição de um assassino — disse o velho perfumista.

Enquanto isso, Cláudio ouvia a confissão com angústia, em profundo arrependimento.

No momento seguinte, Leonato retornou ao salão e ouviu alguém comunicá-lo:

— Esse servo revelou a inocência de sua filha. Escolha uma vingança.

— Leonato, estou pronto para executar qualquer penitência que impuser — declarou Dom Pedro, com bastante humildade.

— Nesse caso, peço que os senhores proclamem a inocência de Hero e honrem sua morte, entoando louvores diante do sepulcro. Quanto a você, Cláudio, tenho mais um pedido. Veja, meu irmão tem uma filha tão parecida com Hero que poderia ser uma cópia dela. Case-se com ela, e minha sede por vingança se extinguirá.

— Nobre senhor, estou ao seu dispor. — disse Cláudio, antes de se recolher para compor um cântico solene.

Pouco tempo depois, ao lado de Dom Pedro e alguns servos, Cláudio entoou a canção em frente ao mausoléu da família de Leonato e, concluída a homenagem, declarou:

— Boa noite, Hero. Todo ano cantarei para você.

Então, de maneira respeitosa e apropriada a um cavalheiro cujo coração pertencia à falecida Hero, Cláudio se arrumou para pedir a mão de uma senhorita que nem sequer conhecia. O encontro seria na casa de Leonato, e o rapaz foi fiel ao horário marcado.

Já dentro da casa, Cláudio foi guiado até uma sala onde encontrou Antônio, irmão de Leonato, e diversas mulheres mascaradas apareceram atrás dele. Também estavam presentes o frei Francisco, Leonato e Benedito.

Em silêncio, Antônio conduziu uma das moças até Cláudio.

— Querida — disse o jovem — deixe-me ver o seu rosto.

— Antes, prometa se casar com ela — disse Leonato.

— Dê-me a mão — disse Cláudio à donzela. — Diante desse homem de Deus, prometo me casar com você, se assim quiser.

— Em vida, fui sua esposa — disse a moça ao tirar a máscara.

— Outra Hero! — exclamou Cláudio.

— Hero morreu, mas só enquanto viveu sua difamação — explicou-lhe Leonato.

MUITO BARULHO POR NADA

E o frei já estava a postos para realizar o matrimônio do casal reconciliado quando Benedito o interrompeu:

— Espere, frei... Qual delas é Beatriz?

Ao ouvi-lo, Beatriz tirou a máscara.

— Você me ama, não é? — indagou Benedito.

— Sim, mas com moderação — respondeu. — E você, não me ama?

— Com moderação — respondeu Benedito.

— Ora, ouvi dizer que estava quase morrendo por mim — contestou Beatriz.

— Disseram-me o mesmo de você — retrucou.

— Aqui está, sua própria criação como prova do amor por Beatriz! —interrompeu Cláudio, apresentando um velho soneto que Benedito escrevera à amada.

— E veja só o que encontrei no bolso de Beatriz — acrescentou Hero. — Um tributo dedicado a Benedito!

— Um milagre! — Benedito comemorou. — Nossas mãos contrariam nossa razão! Venha, case-se comigo, Beatriz.

— Você será meu marido para salvar sua própria vida — replicou a moça.

Sem dizer mais nada, Benedito a beijou; e o frei Francisco os casou depois de Cláudio e Hero.

— Como está Benedito, o mais novo homem de família? — perguntou Dom Pedro, num tom irônico.

— Muito feliz para ser infeliz — respondeu. — Faça quantas piadas quiser, não me importo. Quanto a você, Cláudio, eu planejava parti-lo ao meio, mas agora somos parentes, então viva por inteiro e ame minha prima.

— Ora, meu cassetete estava louco por você, Benedito — satirizou Cláudio

— Venha, vamos dançar! — Benedito encerrou o assunto.

E todos dançaram. Nem mesmo a notícia da captura de Dom João foi capaz de sossegar os pés frenéticos dos jovens apaixonados, pois a vingança não é doce quando o inimigo nem chegou a causar danos.

Impressão e Acabamento
Gráfica Oceano